KB028189

손님

박미소 소설

손님

미래의 작가들 **0 2**

차례

손님

정류장에 할머니가 있었다.

꾸역꾸역 타는 사람들에 밀려 좌석 옆으로 몸을 바싹 붙였다. 온갖 냄새가 콧속으로 밀려들었다. 화장품 냄새, 빨지 않은 외투에서 나는 곰팡내, 갖가지 음식 냄새, 앉은 사람의 정수리 냄새까지. 울렁대는 속을 조금이라도 달래보려 창밖으로 시선을 돌렸다. 그런데, 그곳에 할머니가 있었다. 텅 빈 정류장에 홀로 서서. 사람들을 밀치며 뒷문으로 향했다. 내려야 했다. 내 구두 굽에 무참히 밟힐 승객들의 발이나 삼십 분 뒤에 있을 팀 회의에 늦어 쓰게 될 경위서 따위는 중요하지 않았다. 닫혀

버린 뒷문을 발로 차고 벨을 누르며 열어달라 소리쳤다. 승객들에게 욕을 바가지로 먹으며 버스에서 내렸을 때, 할머니는 없었다. 여기, 분명 여기 있었는데. 나는 망연히 주위만 둘러보았다.

"다혜 씨, 오늘은 또 무슨 일이 있어서 늦었어요? 버스회사가 파업이라도 했어?"

진공상태나 다름없던 회의실을 울리는 상사의 카랑카랑한 목소리가 귓가에 내도록 맴돌았다. 바삐 걷는 사람들이 양옆으로 우르르 쏟아졌다. 컨디션이 좋지 않을 때면 지하철을 탔다. 그럴 때 버스를 타면 속이 울렁거려 고생하기 일쑤였고, 역에서 집까지 걷는 동안 답답한 속을 가라앉힐 수 있어 좋았다. 노란 발판 앞에 서서 지하철을 기다리는데, 뒤에 누군가 서 있는 것 같았다. 너무 바싹 붙었다. 스크린도어에는 비치지 않았다. 수상해서 얼굴이라도 봐두려고 힐끔 건너다보았다. 노인이었다. 구부정한 허리에 몸빼를 입고 분홍색 손가방을 꼭 쥔. 엄마가 울며불며 온 동네 전신주에 붙이고 다녔던 전단 속 인상착의와 똑같은. 할머니는 웅얼거리며 가방

안을 들여다보고 있었다.

"할매."

할머니는 고개를 들지 않았다.

"할매?"

보청기가 없어 듣지 못하는 걸지도 몰랐다. 할머니는 밖에 가지고 다니면 잃어버린다는 둥 배터리가 너무 쉽게 닳는다는 둥 갖은 이유를 대며 보청기를 끼지 않았다. 항상 끼고 다니라고 사준 건데, 할머니는 비싼 돈 들여 사준 거라며 신줏단지 모시듯 했다. 보청기는 귓속보다 손가방 안에서 더 자주 보였다.

엄마에게 전화를 하려고 가방을 뒤졌다. 열차가 들어오는 소리가 들렸다. 할머니가 여기에 있다는 사실을 알리고 내 방으로라도 우선 모셔갈 생각이었다.

"할매, 어디 가지 말고 여기 잠깐만 있어봐. 우리 같이……."

핸드폰을 찾아 고개를 들었다. 진동이 울렸다.

"엄마?"

"뭐 하노?"

"엄마, 나 지금 할매랑 있다."

"딸아, 니 어데 아프나?"

할머니를 봤다는 말에, 엄마는 내 상태를 의심했다. 어안이 벙벙했다. 당장에라도 올라오겠다고 할 줄 알았다. 순간 화가 치밀었지만, 엄마의 측은한 목소리에 '아니야, 분명 할머니였어.'라는 반박은 목에 걸린 듯 나오지 않았다. 덤덤하게 말을 잇는 엄마의 음성에는 어떠한 동요도 없었다.

"니가 요즘 일하느라 피곤해서 사람을 착각했는 갑지."

"진짜 봤다니까."

부질없이 들릴 게 뻔한 말이 잔기침인 양 불쑥 튀어나왔다.

"니 요새 스트레스 너무 많이 받는 거 아이가. 일 쉬엄 쉬엄 해라."

침착하기 그지없는 엄마의 대꾸에, 나는 말을 잇지 못했다. 너무 냉정한 거 아니냐고 몰아붙일 수도 없었다. 경찰도 엄마와 비슷하게 반응했으니까. 할머니의 모습은 나 외의 누구에게도 보이지 않았고, 역 내 감시카메라에도 찍히지 않았다. 영상을 보고 또 봐도 할머니와 비슷한 사람은 없었다. 흐릿한 화면 속의 나는 등에 벌레라도 앉은 듯 자꾸만 뒤를 힐끔거렸다. 내 등 뒤에 사람이 서 있었다는 걸, 그게 할머니라는 걸 믿는 사람은 나 외에는 아무도 없었다. 할머니는 여전히 실종자였다. 영상을 몇 번이고 돌려봐도 나는 그 사실을 쉽게 받아들일 수 없었다.

"손녀 따님이 할머니가 많이 보고 싶었나 보네."

역무원의 한마디가 나를 뒤따라나왔다. 영상에서의 나처럼 뒤를 힐끔댔다. 화면 속의 나는 할머니의 출몰이, 화면 밖의 나는 할머니의 부재가 당혹스러웠다. 그러나 할머니의 등장은 여기서 끝이 아니었다. 나를 정신병자로 만들려고 작정이라도 한 듯, 할머니의 모습은 내가 가는 모든 장소에서 나타났다 사라졌다. 버스를 타면 어느 한쪽에 서 있고, 길을 걸으면 맞은편에서 천천히 걸어오고, 화장실이라도 들르면 마치 자신도 볼일이 있다는 듯 문밖에 서서 기다렸다. 나는 근처 경찰서로 달려가 "할머니를 찾았어요!"라고 외치고 싶은 충동을 누르고 또 눌러야 했다. 할머니는 할머니가 아니었다. 적어도 나를 제외한 모든 사람은 그렇게 확신했다. 그들에게 나는 과도한 스트레스로 병든 실종자 가족에 불과했다. 나는 할머니가 진짜가 아니라는 사실을 받아들였다. 그래도 여전히, 그것을 할머니라고 불렀다.

온종일 내 앞에 출몰했던 할머니의 최종 목적지는 원룸 앞이었다. 늦은 밤, 할머니는 현관문 앞에 쪼그리고 앉아 있었다. 다른 곳에서 맞닥뜨렸을 때는 눈이 마주침과 동시에 사라지곤 했는데 여기서는 그러지 않았다. 많이 지쳐 보였다. 일어서기 힘들 것 같아 손을 내밀자 할머니는 고개를 들어 나를 보았다. 그리고 내 손을 응시했다. 이윽고 할머니는 스스로 몸을 일으켰다. 그 생생한 움직임에, 달리 어떤 행동을 해야 할지 몰라 문을 열었다. 불을 켜고 이곳저곳에 널브러진 물건들을 대강 정리한 뒤에 현관문을 닫았다. 돌아서자, 할머니는 이미 집 안에 들어와 있었다. 발소리도 없이.

할머니는 항상 사뿐사뿐 걸었다. 신발을 신어도, 버선

을 신어도, 맨발이어도 할머니의 발은 둔탁한 소음을 허용하지 않았다. 관절염이 심해지고 허리가 점점 굽어도 변함이 없었다. 방 안에서든 집 밖에서든, 할머니의 걸음걸이는 늘 조심스러웠다. 함께 살았던 바닷가 근처의 작은 집에서도 그랬다. 아빠가 나를 할머니 집에 맡기고 가던 날, 나는 지쳐 쓰러질 때까지 울었다.

"델러 올 끼다."

"언제?"

"금시."

다음 날 아침, 밥을 먹지 않는 내게 할머니는 같은 말을 반복했다. 금시 온다, 금시. 할머니와 사는 동안 우리는 이 말을 얼마나 많이 주고받았을까.

바다 특유의 짭조름하고 비릿한 냄새가 감도는 마당에는 동백나무가 여러 그루 있었다. 다른 식물도 있었지만, 동백만큼 확연하게 기억나지는 않는다. 아마 유난히 붉었기에 그랬을 거다. 다른 꽃들이 다 지는 겨울에 피어나니 그 빛깔은 단연 돋보였다. 바닷바람에 살랑대던 꽃이 떨어지는 게 얼마나 아쉽던지. 할머니와 나는 두

해 겨울 동안 마당이 보이는 거실 창문으로 동백이 피고 지는 모습을 함께 지켜보았다. 할머니는 동백을 유난히 좋아했다.

"겨울에도 어찌 저래 새치름하니 피가 앉았노."

할머니는 동백을 바라보던 시선을 거두며 내 머리를 가만히 쓰다듬곤 했다. 할머니가 짧은 한숨을 내쉬는 것도 이때였다. 그런 날이면 할머니는 방을 더 따끈하게 데웠다. 울면서 잠이 들었던 나는 더워서 이불을 차내고 뒤척거리다 잠에서 깼다. 혼자 있기가 무서워 할머니를 찾으러 나갔다. 거실 바닥에서 냉기가 올라왔다. 내복 바람으로 잔뜩 움츠린 채 창밖을 바라보았다. 겨울이라 마른 잎이 떨어질 일도 없건만, 할머니는 아침이면 늘 마당을 쓸었다. 창밖으로 쉴 새 없이 움직이는 할머니 뒤로 날이 밝아왔다. 붉게 피어난 동백이었다. 나는 못이라도 박힌 듯 그 자리에 우두커니 섰다. 비질을 끝내고 들어온 할머니가 발이 동태가 다 되었다고 나를 나무랐다. 할머니 집을 생각하면 가장 먼저 떠오르는 풍경이었다. 그때처럼 할머니와 함께 누웠다. 이불 속에 발을 꼭꼭 숨겼다. 온기가 발끝까지 퍼졌다.

할머니는 가끔 외출을 했다. 출근하기 전 거울 앞에서 옷매무시를 고치면 할머니는 내 뒤에 섰다. 손가방에서 도끼빗을 꺼내 북슬북슬한 파마머리를 서너 차례 빗었다. 나갈 채비를 하는 거였다. 못 나가게 막아야 하는 거 아닌가 했지만, 소용이 없었다. 할머니는 손가방을 챙겨 순식간에 사라졌다. 할머니를 찾느라 화장실이며 옷장까지 열고 확인하다 허둥지둥 나가니, 할머니는 아무것도 모른다는 얼굴로 문 앞에서 나를 기다리고 있었다. 어이가 없었다. 할머니는 버스 정류장 앞에서 다시 사라졌다.

할머니는 나보다 먼저 집에 왔다. 바닥에 이불을 깔고 뭔가 하고 있기에 들여다보니 화투패를 늘어놓는 중이었다. 화투점을 치려나 보다 싶어 곁으로 가 앉았다. 할머니는 패를 붉은 뒷면이 보이도록 네 줄로 나누어놓고 하나씩 뒤집었다. 뒤집은 패는 같은 그림끼리 맞췄다. 천천히 패를 옮기는 할머니의 손을 가만히 바라보았다. 피로가 눈꺼풀 위로 떼를 지어 모여들었다. 신속하고 정확하게 움직이는 손을 보니 적어도 내 앞의 할머니는 더 이상 치매 환자가 아닌 것 같아 마음이 놓였다. 젊었을 때는 더욱 하얗고 탱탱했을, 규칙에 따라 이리저리 움직이는 손을 보다 까무룩 잠이 들었다.

집에 내려가지 못한 지 두 해가 넘었을 때쯤, 할머니가 사라졌다. 내가 알던 단아한 할머니의 모습은 아주 조금밖에 남지 않았을 때였다. 언제부턴가 엄마는 할머니의 병세에 대한 질문에는 답을 피했다. 그래서 나는 이모나 삼촌에게 할머니의 상태를 물어보곤 했다. 할머니는 엄마를 알아보지 못했다. 센터의 선생님이나 자주 가는 병원의 간호사로 착각할 때가 잦았다. 먹지도 않을 라면을 몇 그릇이나 끓여놓고, 화장실에 물을 계속 틀어두기도 한다고 했다. 엄마는 할머니와의 삶을 가까스로 견뎠다. 그즈음, 다니던 노인복지센터에서 병원 정도의 관리가 가능한 시설로 옮기는 게 어떠냐는 권유를 해왔다. 이모와 삼촌도 조금이나마 돈을 보탤 테니 종일 돌봐줄 수 있는 요양병원에 입원시키는 건 어떠냐고, 엄마의 의사를 조심스레 타진했다. 할머니가 사라졌다는 소식을 전하던 날, 엄마는 진즉 입원시켰더라면 이렇게 잃어버리지는 않았을 거라고 울먹이며 한탄했다.

현관문의 잠금장치는 날로 험상궂어졌다. 할머니를 병원에 보내지 않으려는 아빠와 엄마의 마지막 발악이었다. 두 사람은 손잡이 옆에 다닥다닥 붙은 잠금장치가 주는 번만을 기꺼이 감내했다. 그러나 그것들이 언제나 제 기능을 하는 건 아니었다. 할머니가 센터에서 돌아오는 시간인 오후 네시 반부터 엄마가 학원에서 아이들을 보다가 올라가 식사를 차리는 오후 다섯시 사이는 디지털 도어락 외에 모든 잠금장치가 풀려 있었다. 기운이 없는 할머니를 센터 직원이 집 안까지 부축해 들어가는 일이 잦아져서였다. 그날, 엄마는 급히 상담을 끝내고 허겁지겁 위층으로 올라갔다. 다섯시 십분. 집은 텅비어 있었다. 센터에 전화를 걸었다. 신호가 갈 때까지만 해도 운행이 조금 늦어지는 모양이라고 대수롭지 않게 여겼다. 그러나 삼십 분 전에 할머니를 집 안까지 바래다드렸다는 직원의 대답이 들려오자, 엄마는 밖으로 뛰어나가 주변을 살피며 알고 있는 모든 번호로 전화를 걸었다. 엄마는 나에게만 하루가 지난 뒤 전화를 걸었다. 왜 바로 연락하지 않았느냐고 화를 내며 끊었지만, 엄마가 바로 연락을 했더라도 아무런 도움이 되지 못했을 거라는 사실을 받아들여야 했다.

심각했다. 할머니는 혈압약도 시간을 지켜 꼬박꼬박 먹어야 했고 관절염도 심해서 집 뒤의 식당에 갈 때에도, 걸어서라면 중간에 한 번은 앉아서 쉬었다 가야 했다. 그런 할머니가 집을 나가 하루가 지나도 돌아오지 않으니 다들 좌불안석이었다. 아빠는 연차를 내고 할머니를 찾으러 다녔다. 삼촌도 함께였다. 다들 생업을 내려놓고 할머니를 찾는 데 몰두했다. 엄마까지 그럴 수는 없었다. 엄마는 일을 하며 할머니를 찾았다. 종일 번화가에서 실종 전단을 돌리고 온 아빠가 겨우 잠들면 엄마가 나서서 온 동네 전봇대에 전단을 붙였다. 학원에서도 다른 선생님들에게 강의를 맡기고 원장실 안에서 거의 나오지 않았다. 언제 올지 모르는, 할머니를 찾았다는 전화를 기다리기 위해서였다. 엄마는 아빠의 연차가 끝날 즈음에 과로로 쓰러졌다.

나는 멀리서 발만 동동 굴렀다. 할머니가 사라졌어도 학기는 계속되었다. 시험 기간은 다가왔고 취업 준비도 해야 했다. 한 학년을 마치고 했던 휴학에서 별다른 스펙을 쌓지 못했기에 더 그랬다. 기업은 한 살이라도 어린 지원자를 선호했다. 내려가서 같이 할머니를 찾겠다는 나를 엄마와 아빠는 한사코 뜯어말렸다. 금방 찾을 수 있을 거라며. 처음에는 다들 그렇게 믿었다.

그때 어떤 화장품 브랜드의 서포터즈로 활동했었다. 대외활동 이력이 많지 않아 걱정하던 차에 화장품 회사에 취직한 선배의 추천으로 얻은 기회였다. 그 회사의 상품을 사용하고 블로그에 홍보 포스트를 쓰는 일이었는데, 잘 쓴 사람을 선발해 인턴으로 채용하겠다고 했다. 참가자들은 조금이라도 눈에 띄어보려 애를 썼다. 나도 아침부터 저녁까지 화장품 용기 사진만 오십 장 가까이 찍을 정도로 열심이었다. 그러나 할머니가 사라졌다는 이야기를 듣고는 거의 손을 놓고 지냈다. 수업도 겨우겨우 나갔는데 블로그를 운영할 수 있을 리 없었다. 회사 번호로 걸려오는 전화도 일부러 받지 않았다. 이

주가 넘어가자 선배가 직접 전화를 했다. 그것까지 무시할 수는 없었다.

"너 왜 이렇게 게을러? 너 말고도 꽂아달라는 후배 많아. 너 막 학기 아냐? 인턴 안 할 거야?"

전화가 끊길 때까지 죄송하다는 말만 되뇌었다. 엉엉 울며 상자째로 쌓여 있던 택배를 뜯었다. 아무것도 바르지 않은 볼을 최대한 푸석하게 나오도록 찍고, 작은 방 안에 켤 수 있는 불은 다 켠 상태에서 크림을 바른 볼을 찍어 피부가 좋아 보이도록 보정했다. '이 정도 보습력이라면 건조한 가을바람에도 버틸 수 있어요.'라는 문구에 붙을 이모티콘을 치는 손가락이 바들바들 떨렸다. 밀린 포스팅을 마치고 이틀을 꼬박 앓았다. 열이 올라 징징 울리는 귓가에 할머니 목소리가 들렸다. 우야꼬, 우야꼬. 할머니 집에서 사는 동안, 아빠와 엄마는 가끔 나를 보러 왔지만 자고 간 적은 한 번도 없었다. 둘이서 같이 온 적도 없었다. 항상 둘 중 한 명만 와서, 할머니가 지은 밥으로 한 끼를 때우고 부리나케 집을 나서곤 했다. 떠나기 전 현관 앞까지 한달음에 달려나온 나를 한 번 안아주는 게 고작이었다. 나는 밥을 먹으면서부터 눈시울을 붉혔고, 엄마 혹은 아빠가 집에서 나갈 때까지 꾹 참다가 발소리가 멀어지고 나서야 울음을 터트렸다. 그런 날은 십중팔구 코피를 흘렸고, 온몸에 열이 끓었다. 잠들어서도 끙끙거리던 내 옆을 지키며 달아오른 몸을 식히고 또 식히느라 할머니는 뜬눈으로 밤을 지새웠다. 밤새도록 내 곁에서는 할머니의 나지막한 혼잣말이 들렸다. 우야꼬, 우야꼬.

저녁을 간단하게 먹고 집안일을 하다 자정이 가까워서야 리모컨을 잡았다. 쉴 새 없이 웃고 떠드는 연예인들의 화제가 음담패설에 가까워지자 채널을 돌렸다. 할머니가 신경 쓰였다. 할머니는 집에서도 갑자기 나타났다 사라졌다. 그렇지 않아도 좁은 집에 불쑥불쑥 등장할 때마다 깜짝 놀라곤 했는데, 곧 익숙해졌다. 할머니와 함께 살고 있다는 것을 다른 사람들에게는 말하지 않았다. 나는 할머니를 찾은 게 아니었으니까. 아무런 소리도 없이 나타났다 사라지는 동거인과의 생활은 누군가에게 이야기할 만큼 확실한 일이 아니었다. 지나치게 모호한 할머니의 정체가 궁금하기도 했지만, 규명하고 싶은 마음은 없었다. 그런 생각을 한다는 것 자체가 할머니가 살아 있을지도 모른다는 가능성마저도 부정하는 것 같아서, 그래서였다.

뉴스라도 봐야 하나 했는데 마침 트로트 무대가 나왔다. 할머니는 노래를 좋아했다. 매일 밤 아홉시면 침대에 눕던 분이었는데, 열한 시에 시작하는 트로트 방송은 꼭 챙겨 보았다. 월요일이면 자정이 넘은 시각에도 할머니 방문 틈으로 텔레비전 불빛이 새어나왔다. 푸른 조명 아래 홀로 들어선 중년의 여가수는 꽃수가 가득 놓인 치맛자락을 살랑이며 객석을 향해 묵례를 했다. 익숙한 노랫말이 흘러나왔다.

베개 밑에서 휴대전화가 진동했다. 엄마에게서 온 전화였다. 할머니는 텔레비전만 보고 있었다. 방해가 될 것 같아 화장실로 들어갔다.

"딸, 퇴근했나?"

"어. 엄마는?"

"끝났다. 다음 주말에 니 보러 갈란다. 주말에 무슨 일

있나?"

"아니. 그건 아닌데……."

"그럼 가도 되제? 열차표 좀 끊어주가."

"알았어."

"니 요새도 할머니 보이나."

어.

"마 됐다. 주말에 보재이."

덜 닫힌 문틈으로 걸쭉한 남자 가수의 음성이 스며들었다. 두어 번 헛손질 끝에 문고리를 잡아당겼다. 하수구를 타고 올라온 악취가 유난히 고약했다.

"할매, 주말에 엄마 온단다."

만나자마자 마트부터 들렀다. 밥도 제대로 안 먹고 살게 뻔히 보인다며 엄마는 카트가 꽉 찰 정도로 식료품을 집어넣었다. 이러다가는 집까지 가져가지도 못할 것 같아 이미 있는 양념들과 평소 잘 먹지 않는 것들을 몰래 뺐냈다. 그래도 카트에 든 물건은 종량제 봉투 두 개를 꽉 채울 정도였다. 각자 하나씩 들고 걸었다. 엄마는 가는 내내 무슨 요리를 해 먹고 무슨 반찬을 해놓고 갈

지에 대해 쉴 새 없이 이야기했다. 오늘도 할머니가 나
타나려나. 엄마도 할머니를 볼 수 있을까? 만약 볼 수
있다면, 많이 놀라지는 않을까?

아.

"왜?"

나는 그 자리에 우뚝 섰다. 할머니가 보인다면, 엄마
는 기뻐할까? 엄마 눈에도 할머니가 보인다고 해서 할
머니가 돌아왔다고는 말할 수 없다. 오히려 엄마는 더
슬퍼할지도 몰랐다. 할머니 생각은 하지 말자. 고개를
세차게 저었다.

"아니, 아니……."

그새 엄마는 앞장서서 걸어가고 있었다.

괜한 걱정이었다. 엄마는 할머니를 보지 못했다. 엄마
는 현관문을 열자 나타난 할머니를 스치듯 지나갔다. 평
소에도 워낙 바삐 움직이는 터라 할머니를 뚫고 지나간
건 아닌가 싶어 눈을 비볐다. 바닥에 떨어진 긴 머리카
락들이 눈에 띄었다. 괜한 잔소리를 듣고 싶지 않아 냉
장고를 정리하는 엄마 옆에서 머리카락을 치우고 물건

들을 정리했다.

"돼지우리 같을 줄 알았드만, 생각보다 깨끗하네?"

할머니 때문이었다. 잔소리를 하는 것도 아닌데 눈치가 보여 평소보다 청소를 자주 했다. 설거지를 제때 하는 건 기본이고, 바닥에 떨어진 머리카락은 보이는 즉시 주웠다. 치매가 오기 전, 할머니는 워낙 깔끔한 편이었다. 나이 든 사람에게서 나는 비릿한 살내도 거의 나지 않았으니까. 청소를 한다고 곱실대고 있으면 할머니는 가만히 앉아 입을 벙긋거렸다. 노래를 부르는 게 아닐까 싶었다. 할머니는 혼자 있을 때면 종종 노래를 불렀다. 염불이라도 하듯 천천히 가사를 내뱉는 모습은 아주 가끔만 볼 수 있는, 특별한 장면이었다. 할머니는 집에 아무도 없을 때만 노래를 했기에. 가끔 현관문을 열었을 때 할머니의 나지막한 목소리가 흘러나오면 그 소리를 끊고 싶지 않아서 기다릴 수 있을 때까지 기다렸다가 인기척을 내곤 했다. 보청기를 잘 하지 않던 할머니는 내가 기척을 내기 전에 먼저 눈치채는 법이 없었다. 한번은 대뜸 무슨 노래냐고 물어보자,

"말해도 모른다, 니는. 너무 옛날 노래라가⋯⋯."

하며 말꼬리를 흐렸다. 수줍게 웃는 할머니의 얼굴이 영락없는 소녀 같아서, 나도 그냥 웃었다.

"엄마. 할머니가 가끔 혼자 있을 때 노래 불렀다 아니가. 그거 뭔 노랜지 아나."

칼과 도마가 부딪치며 만들어내던 자진장단이 뚝 그쳤다.

"이미자 노래. 동백 아가씨나, 여자의 일생 같은 거. 근데 말라꼬?"

"아니, 그냥 궁금해서."

서걱서걱 채소 써는 소리를 뒤로하고, 바닥에 앉은 할머니를 돌아보았다. 지금 부르는 노래는 동백 아가씨일까, 여자의 일생일까.

"느그 할매는 천상 여자였다. 다 늙어서도 깔끔하니."

엄마는 알까. 할머니는 천생 여자 같던 그 모습으로 우리 곁에 앉아 있다는 것을. 머리를 곱게 빗고, 단정한 옷차림에 손가방을 꼭 쥔 채로 말이다. 몇 주 전인가, 엄마가 전화 중에 나이가 들면 무릎이 아파서 일어나고 앉는 게 힘들다고 했다. 내 앞의 할머니도 그럴까. 궁금했다.

앉은뱅이 식탁을 닦고 수저를 놓는데 엄마가 딴죽을 걸었다.

"문디 가시나야, 니 모지래나."

"왜?"

"숟가락을 왜 세 개나 났노."

나는 머쓱하니 뒤통수를 긁으며 수저 하나를 치웠다.

설거지를 끝내고 나면 마침맞게 시작하는 주말드라마의 주된 내용은 가족 이야기였다. 내가 어렸을 때 했던 드라마들은 아는 사람의 일화같이 친근했지만, 요즘에는 그렇지도 않았다. 등장인물들 중 꼭 한 명 이상은 평생 만날 일 없을 정도의 재벌이었고, 주인공들에게는 항상 출생의 비밀이 있었다. 날 때부터 뒤바뀐, 혹은 타인의 위협 탓에 신분을 위장해야만 했던 아이들은 어른이 되자 날 때의 지위를 찾으려 애썼다. 금전적인 이유 때문이기도 했지만, 자신의 몫이 아니었을 결핍에 대한 복수이기도 했다. 엄마와 할머니는 그런 드라마를 좋아

했다. 그 시간대만큼은 나에게 리모컨을 만질 권리가 없었다.

"아이고, 세상에 저런 일이 있나."

산부인과에서 여주인공이 낳은 아이를 다른 사람의 아이로 바꿔치기하는 장면이었다. 예쁘게 깎인 사과 한 조각을 입에 물고 최대한 오래 씹었다. 화면에 등장하는 사람이 누군지 궁금해하거나 엄마의 감상에 맞장구를 치면 시끄럽다는 타박이 돌아올 테니 조용히 있어야 했다. 나에게 설명하느라 다음 장면을 놓친다며 역정을 낼 때도 있었다. 사실 금방 잊어버릴 이야기라 굳이 질문할 필요도 없기는 했다. 나 혼자서 이 드라마를 볼 일은 없을 테니까. 입 안 가득 든 사과가 곤죽이 되도록 씹다 문득 할머니는 뭘 하고 있을까 싶어 돌아보았다. 할머니는 엄마와 똑같이 한쪽 무릎을 세우고 앉아 텔레비전을 보고 있었다. 왠지 나도 그렇게 앉아야 할 것 같아서 오른쪽 무릎을 세웠다.

드라마가 끝났지만, 텔레비전을 끄지는 않았다. 조금 전처럼 열심히 들여다보는 사람은 아무도 없어서, 텔레비전은 혼자 떠들어댔다. 남은 사과는 접시에 담긴 채 말라갔다. 군데군데 갈색 얼룩이 꼭 멍 같아서, 세게 씹으면 우야꼬, 우야꼬, 소리를 내지 않을까 하는 공연한 생각이 들었다. 입으로 들어갈까? 버려질까? 남은 사과를 어떻게 할지 저울질하고 있을 때였다.

"니 요즘 일이 많이 힘드나?"

"아니, 그냥 그런데."

"일이 많이 힘들면, 마 내려오는 건……."

"엄마. 내가 할매 이야기해서 그러나?"

"아니 뭐 딱히 그것 때문만은 아니고……."

"나, 할매 진짜로 보인다. 엄마는 안 믿겠지만, 보인다고."

엄마의 한숨이 장판을 두드렸다.

"걱정 된다 진짜."

"엄마는 포기했어?"

"뭐?"

"포기했냐고! 할매 찾는 거 그냥 다 포기했냐고!"

울컥했다. 할머니는 지금 어디서 뭘 하고 있을지 모르

는데, 엄마는 내가 걱정된다는 소리만 해댔다.

"그만해라."

"뭘 그만하는데? 할매 찾는 거? 벌써 다 끝났다고 생각하나 보지? 드라마도 속 편하게 보고, 어?"

"그만해라 했다."

"뭘? 뭘 그만하냐고!"

"그래! 다 포기했다! 이 년 전에 할매 이름으로 보험금까지 타먹었다. 됐나? 할매는 죽었다고, 벌써 관공서에는 죽은 사람이라고! 정신 차려라, 이년아! 치매 걸린 노인네가 길바닥에서 칠 년이나 살 수 있다고 생각하나? 그 돈이라도 받았으니 니 사는 이 코딱지만 한 방 보증금도 하고, 느그 아빠 몇 년째 직장 못 나가고 학원에 애들 줄줄이 빠져도 근근이 먹고 사는 거지!"

취직 후에도 고시텔을 전전하며 한 해를 버텼다. 어느 날, 엄마는 원룸 보증금으로 충분한 돈을 보내왔다. 흉곽에 들어 있던 숨이 탄성처럼 길게 빠져나왔다. 안도였다. 조금만 깊이 생각해봤더라면 알았을 거다. 우리 집에 이런 목돈이 생길 일은 없었다. 들어놓은 보험이라고

32

는 자동차 보험이 다였고, 부동산 때문에 빚을 져서 저축도 할 수 없었다. 버는 족족 이자 내기 벅찼다. 그 돈의 출처에 대해서, 나는 알려고 하지도 않았던 거다.

"그래서, 엄마는 할매가 안 돌아왔으면 좋겠나? 보험금 뺄어낼 일 없이 그냥 그렇게 살았으면 좋겠냐고!"

왼쪽 뺨이 얼얼했다. 크고 두꺼운 엄마의 손바닥이 지나간 고개는 완전히 반대쪽으로 돌아갔다. 중심이 흔들리며 순식간에 뒤로 넘어갔다. 엄마는 내 머리를 잡아당기고, 손에 잡히는 대로 때렸다. 어디를 맞는지도 모르고 어떻게든 막아보겠다고 이리저리 팔을 올렸다. 엄마의 입에서 세상 모든 못된 년들이 다 나를 가리키는 수식어가 되어 나왔다. 욕설은 엄마의 억센 손아귀에 내 머리카락이 한 움큼 뜯겨나왔을 때야 잦아들었다. 욱신거리는 머리를 붙잡고 일어났다. 엄마는 조금 전까지 내 머리를 잡아 뜯던 손으로 바닥을 치며 울고 있었다. 잔뜩 엉킨 머리카락을 꽉 움켜쥐고서.

"아이고, 엄마. 내가 저년을 자식이라고 낳았다. 주디를 저따우로 놀리는 년을 내가 자식이라고 델꼬 살왔다……."

　바닥에 엎드린 엄마의 등에 손을 댔다. 뜨거웠다. 코
먹는 소리를 내며 우는 엄마에게 휴지를 가져다줬다. 할
머니가 사라진 후, 어쩌면 그전부터 엄마는 잘 지낸다는
말에 너무 많은 것들을 욱여넣고 있었는지 몰랐다. 그와
는 아무 관련도 없는 말들조차도. 어제인가 그저께인가,
아빠에게서 온 전화를 떠올렸다. 아빠는 이런저런 이야
기를 하다가 나이 지긋한 사람들에게는 재미있을지도
모를 썰렁한 유머를 날렸다. 그런 농담은 어디서 들었느
냐고 물었더니 회사 동료가 말해줬다고 했다. 동료라니.
회사에 가지 않은 지는 얼마나 오래된 걸까. 대체 나는
우리 집에 일어난 일들에 대해서 얼마나 모르고 있었던
걸까. 이 모든 일의 원인은 가만히 벽에 기대앉아 우리
를 지켜보고 있었다.

　매콤한 냄새와 함께 뭔가 끓어오르는 소리가 들렸다.
흠칫 놀라 잠에서 깼다. 흐릿한 시야에 싱크대 앞을 서
성이는 누군가가 들어왔다.

　"엄마?"

"인났나? 가시나. 잠도 억시게 오래 잔다."

뒤척이다 옆으로 돌아누웠다. 손목 안쪽을 베고 눕자 맥 뛰는 소리가 파고들었다. 귓속으로 툭, 툭, 소리가 떨어졌다. 빵조각을 떼어 등 뒤로 던지며 나아가는 아이를 떠올렸다. 돌아갈 때 길을 잃을까 봐, 배고픔을 참으며 빵의 귀퉁이를 뜯어내는 아이는 뒤를 돌아볼 새도 없이 걷고 걸었다. 언젠가 뒤를 돌아보더라도, 아마 아이는 자신이 던진 것들을 다시는 찾지 못할 것이다. 모든 아이는 그렇게 길을 잃었다.

"내 가고 나서도 무라고 찌개 좀 많이 해났다. 데워 무라."

엄마는 지나치게 멀쩡했다. 눈만 조금 부어 있을 뿐이었다. 아무 말 없이 밥이나 먹으려 했지만, 눈치 없이 자꾸만 물어보고 싶은 것들이 떠올랐다.

"엄마, 할매 보험은 언제 들어났었어? 우리 집은 보험 아무도 안 들었잖아."

"할매가 알아서 들어났더라. 얼마 주도 못했던 용돈 쪼개 넣고. 나도 할매 없어지고 나서야 알았다."

"아빠는 언제부터……."

"몇 년 됐다. 아빠한테는 알고 있다고 티 내지 마라. 말하지 말라고 신신당부를 하더라."

나는 고개만 주억거렸다.

엄마는 아침을 먹자마자 급히 짐을 챙겼다. 엄마는 아직 학원을 했다. 용돈이라도 좀 보낼까 했더니 등록금 빌린 거나 갚으라는 핀잔이 돌아왔다. 학원은 망하지 않을 정도로는 되고 있으니 쓸데없는 걱정은 하지 말라고.

"하루만 더 있다 가지."

"마 됐다. 니 내일 아침에 바로 출근해야 안 되나."

"엄마 피곤하겠다."

"내도 오늘 가야 덜 피곤하다."

아침을 먹고서도, 집에서 나갈 때도 했던 이야기를 역 앞에서 또 했다. 엄마가 조금이라도 덜 서운했으면 했다. 할머니는 우리와 약간 떨어진 벤치에 앉아 이 의미 없는 실랑이를 지켜보고 있었다. 엄마 몰래 이쪽으로 오라고 손짓했지만, 꿈쩍도 하지 않았다.

"간디!"

엄마가 열차에 올라탔다.

집으로 가는 길에 아빠에게 전화를 걸었다. 다음 명절에는 시간을 내서 집에 내려가겠다고 전하며, "요즘 별일 없지?" 하고 물었다. 아빠는 잘 있다고 대답했다. 잘.

"진짜 잘 지내?"

대답이 없었다. 꺼진 액정을 한참 바라보다 문을 열었다. 아침에 먹은 찌개 냄새가 훅 끼쳤다. 할머니는 계속 집에 있었던 사람처럼 태연자약하게 바닥에 떨어진 머리카락을 치우는 중이었다. 노란 테이프를 조금 잘라내 양 끝을 붙여 만든 고리에 검지, 중지, 약지를 모아 끼웠다. 테이프를 두른 할머니의 작고 흰 손가락은 바닥을 구르는 길고 짧은 머리카락 위로 사뿐사뿐 닿았다 떨어졌다. 청소기가 나와 엄마의 머리카락을 전부 빨아들인 후에도 할머니는 계속 머리카락을 떼어냈다.

할머니가 집을 팔고 우리와 함께 살게 되던 날, 엄마는 세 그루의 동백을 작은 화분에 담아왔다. 동백은 우리와 함께 이리저리 옮겨 다녔고, 그 와중에 두 그루가 죽었다. 거의 다 죽어가던 동백 한 그루를 옥상 화단에다 옮겨 심었다. 엄마에게서 별말이 없는 것을 보니 그 동백은 잘 살아 있는 듯했다. 기르던 나무나 꽃들이 죽으면 엄마는 내게 전화해 그들의 부고를 알리곤 했으니까. 엄마도 할머니만큼이나 꽃을 좋아했다.

더는 치울 머리카락이 없다고 판단했는지, 할머니는 가만히 앉아 있었다. 텔레비전 쪽을 보고 있는 것 같아서 리모컨을 눌렀다. 마침 옛날 방송만 계속 틀어주는 케이블 채널에서 트로트가 흘러나왔다. 벽에 등을 기대고 텔레비전을 보고 있는 할머니 옆에 누웠다. 여가수의 간드러진 목소리가 방 안을 채웠다. 할머니는 어디서 온 걸까. 여기에 올 수 있었다면 집으로도 진즉 돌아갈 수 있었을 텐데.

"할매. 집에는 안 가?"

할머니는 돌아보지 않았다.

"집에 가기 싫어?"

아무 대답도 돌아오지 않았다.

"그러면 나랑 여기서 살까?"

할머니가 나를 보는 것 같았다. 고개가 움직였다. 분

명 그랬다. 분명…….

　방이 누렇게 물들었다. 해가 지는 모양이었다. 어디선
가 노랫소리가 들려왔다. 기교도 없고 간드러진 콧소리
도 없지만 은근한 목소리가 퍽 좋았다. 할머니는 주홍빛
으로 물든 바닥에 앉아 노래를 불렀다. 셀 수 없이 많은
밤 동안 사랑하는 이를 기다리다 마음이 붉게 멍들었다
는 여자의 이야기도, 참을 수 없이 가슴이 아파 눈물로
생을 보낸다는 기구한 여자의 이야기도 모두 다 할머니
의 입에서 흘러나왔다. 할머니의 손등 위에 손을 올렸
다. 얄팍하고 굴곡진 피부와 올록볼록 튀어나온 핏줄의
감각이 뚜렷했다. 손등을 쓸어내렸다. 한참을 그러고 있
자 이번에는 할머니가 내 손등을 쓸었다. 군데군데 옹이
가 박힌 손바닥의 감촉이 못내 서러웠다.

　할머니는 천천히 몸을 일으켰다. 노래는 끊어지지 않
았지만, 뭔가 이상해서 나도 몸을 일으키려 했지만 움
직일 수 없었다. 가위라도 눌렸나 싶어 눈만 굴리고 있
는데, 할머니가 이불을 가져와 덮어주었다. 할머니는 노
래를 부르며 머리를 빗고, 옷매무시를 가다듬었다. 자그

마한 발이 소리 없이 멀어졌다. 꿈을 꾸는구나 생각하며 눈을 감았다. 그러나 금방 눈이 떠졌고, 아주 쉽게 자리에서 일어날 수 있었다.

주홍빛이 슬금슬금 물러갔다. 노래가 끊긴 방은 어둠이 차올라 차갑고 고요했다. 할머니가 두고 간 물건은 없는지 확인했다. 할머니는 손가방도, 도끼빗도, 화투패도, 흰 머리카락 한 올조차도 남겨두지 않았다. 휴대폰이 진동했다. 엄마였다. 진동은 끊겼다 울리기를 반복하며 노래가 사라진 자리에 밀려들었다. 다시 자리에 누워 눈을 감았다. 아릿한 눈꺼풀 아래서 빛들이 점멸했다. 빛은 하나둘 꽃송이가 되어 빙글빙글 돌다 봉우리를 열었다. 벌어지는 꽃잎들은, 붉었다. 소리가 끼어들면 사라질지도 몰라. 꽃은 떠나가던 할머니의 발소리가 그랬듯 조용히 피어올랐다. 눈을 꼭 감았다. 진동은 언제든, 다시 울릴 터였다.

나의 늙은 개

아버지는 집 안에서 죽은 채 발견되었다. 전화 너머로 들려온 당혹스러운 소식에 갈 채비를 하는 내내 정신이 없었다. 쏟아지는 졸음과 피로를 이겨보려 고속도로 휴게소에 차를 세웠다. 양치라도 하면 좀 나아질까. 트렁크를 열었다. 정신이 없어 챙겼는지도 몰랐던 낡은 더플백에는 갈아입을 속옷과 검은 구두, 세면도구와 안경집까지 필요한 물건들이 빠짐없이 담겨 있었다. 나도 모르게 트렁크에 올라타 기다린 듯 보이는 가방에 잠이 확 달아났다. 트렁크를 닫고 운전석에 올라탔다. 별반 다르지 않게, 장례를 치르고 아버지의 집으로 가면서도 나는 살짝 졸았다. 그러나 시야에 풍경이 사라지면 죽은 아버지의 얼굴이 그 자리를 채웠고, 곧 졸음이 가셨다.

　장례식장을 빌리는 것부터 발인, 화장에 이르는 일련의 과정은 전부 내 몫이었다. 도와줄 사람은 없었다. 이런 일이 생기면 한동안 보지 않던 친척도 모이기 마련이나, 아버지와 나에는 친척이라고 할 만한 일가붙이가 없었다. 장례를 도와준 건 아버지와 가까이 지냈던 동네 어르신들과 내 동창들이었다. 상주가 되어 치른 장례식은 이상스런 사흘에 지나지 않았다. 배달된 화환으로 회사의 성의를 확인했고, 생전에 고인과 상주가 어떤 이들과 어떻게 지내왔는지 단편적으로 드러냈다. 무감했다. 아무 말 하지 않아도 식장에 온 사람들은 알아서 절을 하고 등을 두드려주었다. 손님들에게 맞절을 하고, 장례식장에 비용을 치르고, 화장장으로 들어가는 고인의 관 앞에서 영정 사진을 들고 고개를 숙인 채 걸었던 게 내가 한 일 전부였다. 또 뭔가 한 게 있었나. 앞서 보낸 칠십여 시간이 머릿속에서 뭉그러졌다. 잠을 제대로 자지 못해 그런 걸지도 몰랐다. 늦은 새벽, 텅 빈 빈소를 지킬 사람은 나 하나뿐이었다.

굽잇길을 여러 번 지나자 농장이 보였다. 주변이 온통 논밭인 촌의 겨울은 누렇게 뜬 노인네의 얼굴 같았다. 녹슨 철문이 활짝 열린 채 나를 반겼다. 아버지는 생전 저 문을 열어둔 채 뭔가를 한 적이 없었다. 개들이 탈출할 수도 있었으니까. 아버지가 기르던 개들의 냄새가 열어둔 차창 안으로 스며들었다. 콧속 깊은 곳을 간질이는 냄새는 지나치게 익숙했다. 나는 여기서 개들과 함께 길러졌다.

아버지가 개를 싣고 나갈 때 쓰던 작은 트럭 옆에 차를 세웠다. 주인 없이 홀로 남은 트럭은 흰 몸뚱이에 수많은 생채기를 달고 있었다. 날카로운 발톱에 긁힌 것 같은 상흔들이었다. 개 짖는 소리가 간헐적으로 들려왔다. 이상했다. 개를 남겨두고 가진 않았을 텐데. 남은 개가 있을 거라는 건 예상하지 못했다. 유서에는 개에 대한 언급이 없었다. 그저 집과 농장을 팔았으니, 남은 재산은 마음대로 사용해도 된다는 게 다였다. 유서라기보단, 몇 마디의 언질이었다. 냉장고에 붙여놓은 '피자 두

조각 넣어놨으니까 저녁엔 그거 데워 먹어라.'는 내용이 적힌 포스트잇 같은. 그 정도였다.

소리의 주인공은 아버지와 함께 살던 컨테이너 건물 구석의 작은 개집에 묶여 있었다. 날 때부터 견사가 아닌 자기만의 작은 집에 매어두고 기르던 개였다. 농장의 모든 개는 아버지의 것이었으나 이 개만은 내 것이었다. 열 살이 넘은, 사람으로 치면 노인인 개의 몸통엔 희끗희끗한 털이 올라왔다. 견사에서 키우던 종견의 새끼였다. 팻 숍에서 흔히 볼 수 있는 푸들과는 외양이 달랐다. 다리는 지나치게 털이 없는 편이었고 목 주변에는 고르지 않은 흰 털이 길게 자랐다. 어미 개의 곱슬곱슬한 털과는 달리 온몸의 털이 직모에 가까웠다. 누군가에게 "푸들이에요."라고 알려주면 그때야 겨우 "어머나, 그래요? 이렇게 생긴 푸들도 있네." 하는 대답이 돌아올 법한 모습이었다. 게다가 기형이었다. 오른쪽 눈이 왼쪽 눈의 반 정도 크기밖에 되지 않았다. 아마 밝기 정도만 구분할 수 있지 않을까. 늙은 개는 앞발을 종종거리며 꼬리를 흔들었다. 헉헉대는 입 주위로 김이 솟았다. 개

집 주변에는 내린 눈이 소복이 쌓였다. 밥그릇에 사료가 몇 알 굴러다녔다. 아버지가 미리 넉넉하게 밥을 준 모양이었다. 견사에서는 아무 소리도 나지 않았다. 장례식에 온 아버지의 지인에게서 아버지가 죽기 전에 개를 한 마리 주었다는 이야기를 들었다. 아버지는 정말로 죽을 생각이었구나. 아버지는 지인들에게 이제 개는 지겨우니 다른 사업을 해보려고 한다고 말해놓고, 사부작사부작 아무도 모르게 죽을 준비를 마쳤다.

문 앞에 차 한 대만 지나가도 개 짖는 소리가 끊이지 않았던 곳이 이토록 조용한 건 처음이었다. 개 소리 하나 들리지 않는다고 십여 년을 살았던 집이 낯설었다. 침을 삼키다 사레가 들었다. 코가 시큰하도록 기침을 뱉었다. 오로지 그 소리, 내 기침 소리만이 울리고 울렸다. 기침이 끊기자 내 앞의 늙은 개가 작게 한 번 짖었다. 아버지의 옷, 살, 걸음 하나하나에서 풍기던 비릿하고 지린 개들의 냄새에 같이 살던 이들은 십 년에 한 번꼴로 그를 떠났다. 엄마는 내가 열 살 때 집을 나갔고, 나는 스무 살이 되자마자 그랬다. 개는 여전히 나를 보고 있었다. 밥그릇과 물그릇을 채워주었다. 물그릇이 얼어붙어서, 뜨거운 물을 조금 받아 녹여주었다. 목이 말랐는지 찰박찰박 소리가 컸다. 나는 이곳이 텅 빈 후에야 돌아왔다.

집은 본래 농장에서 밤을 새워야 할 때 쓰던 컨테이너를 개조한 거라 보일러를 틀지 않으면 밖과 별 차이가 없을 정도로 추웠다. 상복에 점퍼만 걸친 몸이 파르르 떨렸다. 아버지가 언제부터 애견 농장을 했는지는 모른다. 내가 아주 어릴 때부터 아버지의 몸에서는 개 냄새가 났다. 비릿하고 쿰쿰한 냄새는 엄마가 떠난 집에 홀로 누워 밤을 견딜 때면 발소리보다도 빨리 아버지의 도착을 알렸다. 그녀는 우리를 떠나며 분내, 갓 지은 밥 냄새, 금방 말린 빨래 냄새도 함께 가지고 갔다. 개 냄새는 그들의 자리를 빠르게 메웠다. 엄마의 냄새라고는 조금도 남지 않았을 때, 아버지와 나는 아파트를 떠나 여기로 왔다.

집은 바람이 숭숭 들어오는 냉골이었지만 답답했다. 개라곤 딱 한 마리 남았는데, 집 안에선 아직도 냄새가 났다. 아버지는 부엌에서 차갑게 식어 있었다고 들었다. 팔에 주사 자국이 있었고 약병과 주사기, 유서가 발견되었다. 집에 문이란 문을 하나도 잠그지 않고 죽어서, 다음 날 아침 방문 약속을 해두었던 부동산 아저씨가 경찰에 신고했다. 경찰은 유서가 있다는 것과 침입자의 흔적이 없다는 점, 사라진 물건이 하나도 없다는 점을 들어 자살로 사건을 마무리했다. 영안실에서 마주한 시신의 외관은 깨끗했다. 타살 가능성을 불식시킬 정도는 되었다. 유서에는 죽음을 결심하기까지의 심경 변화도, 구구절절한 이유도 없었다. 아버지는 유서와 통장이 든 봉투 하나를 남겼다. 통장에는 지금까지 아버지가 모은 돈과 농장을 팔고 남은 금액이 들어 있었다.

언제든 딱히 할 말이 없던 우리는 서로 데면데면하게 굴었다. 대화는 필요할 때만, 최소한으로 했다. 집에는 사람이 있건 없건 적막이 흘렀다. 일부러 먼 곳의 대학에 들어갔고, 육 년 가까이 집에서 나와 있어보니 이제는 혼자가 편해졌다. 타지에서의 삶은 척박했지만 집으로 돌아가고 싶다는 생각을 불러일으킬 정도까지는 아니었다. 일은 좋은 핑계거리였다. 가끔 걸려오는 전화마저도 상투적인 말 몇 마디만 중얼대다 끊었다. 저금을 하고도 여윳돈이 생기면 망설임 없이 아버지 계좌로 송금했다. 그렇게라도 하고 나면 마음이 조금 가벼워졌다. 어영부영 지나간 십 년. 그동안 아버지와 나를 연결한 건 배배 꼬인 전화선뿐이었다. 데면데면했던 사이조차 이제는 영영 되돌릴 수 없게 되었다.

아버지는 개를 팔았다. 푸들, 시추, 포메라니안 같은 품종이 있는 개들이었다. 개들은 종류별로 견사에 갇혀 끊임없이 새끼를 배고, 낳았다. 배가 바닥에 닿을 정도로 불러오면 그런 놈들은 견사에서 빼내 따로 만든 산실에 들였다. 아버지는 해산의 징조를 기가 막히게 잘 알았다. 어쩌면 내가 엄마 배속에서 나올 때도 엄마보다 아버지가 먼저 알아챘을지 모를 일이다. 개들은 반나절에서 한나절 정도를 끙끙대며 천천히 새끼를 낳았다. 어미들은 아직 나올 새끼가 남아 있어도 통증을 참아가며 나온 놈을 살살이 핥아주었다. 전부 다 낳고 나면 쉽게 젖을 먹을 수 있도록 고쳐 누웠다. 자신이 아무리 힘들어도, 그들은 새끼를 가장 먼저 챙겼다.

　새끼들은 눈을 뜨자마자 도회지로 나가 팔렸다. 어미 얼굴을 보게 된 지 얼마 되지 않아 영영 떨어지는 거였다. 어미들은 나와 아버지가 새끼를 만져도 경계하지 않았다. 새끼를 떼어가는 날에도 제 새끼를 데리고 뭘 하는지 궁금하다는 듯 고개를 갸웃거릴 뿐이었다. 우리가 새끼들을 만지다 한 마리씩 데려가고, 아무 일도 없었다는 듯 사료와 물만 돌아오는 것을 본 어미 개는 한동안 황망한 눈을 했다. 수상한 낌새를 먼저 눈치채는 개들도 있었다. 그들은 우리가 새끼를 쥐려 하면 이를 드러내며 짖었고, 가끔은 물기도 했다. 그러나 다시 새끼를 배고, 또 빼앗기는 일이 반복되면 저항할 의지를 잃는다. 새까만 눈으로 우리를 보며 끙끙대기만 할 뿐이었다. 그마저도 하지 않는 놈들도 있었고, 그럴 때마다 아버지는 잘했다는 뜻으로 어미 개의 머리를 한 번씩 쓸어내렸다. 대체 무얼 잘했다는 것인지 나는 도무지 알 수가 없었다.

　방은 그대로였다. 시간이 지나지 않은 것만 같은 광경

에 소름이 끼쳤다. 내 방의 물건을 누군가 사용한 흔적
은 없었다. 여기서만큼은 집 전체에 풍기는 비릿한 냄새
보다 오래된 이불, 책 같은 것들의 묵은 냄새가 더 강했
다. 옷장을 열자 나프탈렌 냄새가 훅 끼쳤다. 집으로 가
져갈 만한 것은 미리 꺼내놓자 싶어 이리저리 뒤적거렸
다. 책들을 확인하다 책상에 놓인 종이봉투에 눈이 갔
다. 아버지는 생일이면 밤에 몰래 들어와 책상에 선물을
얹어두곤 했는데, 봉투는 그런 선물 중 하나인 양 고이
놓여 있었다. 뭐가 들어 있는지 보려 봉투를 집어 들자
피로가 몰려왔다. 손이 풀려 봉투를 놓쳤다. 자야 했다.
상을 치르는 동안 갈아입지 못한 옷에서 땀내와 향내가
뒤섞인 역겨운 냄새가 났다. 씻고 싶은데…… 이불에서
나는 바싹 마른 빨래 냄새가 나를 침대로 이끌었다. 나
는 곧 아무 냄새도 맡지 못하는 상태가 되었다.

 냉장고에는 아무것도 없었다. 찬장을 뒤져 발견한 라
면으로 끼니를 때웠다. 입안이 깔깔했다. 그래도 입에
먹을 게 들어가니 머리가 돌았다. 게걸스럽게 한 그릇을

비우고 나자 앉은 자리에 생각이 미쳤다. 아버지는 내가 앉은 의자와 맞은편에 놓인 의자 중 하나에 앉아 손목에 주삿바늘을 찔러 넣었다. 어느 자리였을까. 의자는 단 두 개뿐이었다. 이제는 둘 다 쓸모가 없었다.

개들의 삶은 이 농장에서 끝나지 않았다. 개들은 아버지의 작은 트럭에 실려 어디론가 떠났다. 주로 새끼였고 늙은 개도 드문드문 있었다. 나는 그들과 헤어지는 것이 싫어서 곧잘 울었다. 눈도 겨우 떴으면서 자기들도 개라고 낯선 이를 보면 캉캉 짖어대는 새끼들은 어떻게 자랄지 기대가 되는 존재였다. 늙은 개들은 태어났을 때부터 나를 봐왔던, 어릴 때 어미에게서 떨어져 외지로 팔려나가지 않은 이들이었다. 그들은 철장으로 팔을 집어넣었을 때 가장 빨리 다가와 손을 핥아댔다. 늙은 개들은 생식능력이 없다고 판단되면 농장을 떠났다. 아버지에게 그들이 어디로 가느냐고 묻자, 우리보다 더 좋은 주인에게로 가는 거라는 대답이 돌아왔다. 어렸던 나는 그 말을 철석같이 믿었고, 트럭이 개들을 싣고 떠날 때마다 두 팔이 떨어져라 흔들며 인사를 했다. 그러나 견사 철망으로 팔이 들어가지 않을 정도로 컸을 때, 나는 이곳을 떠나는 개들의 이야기가 모두 좋은 주인을 만나는 것으로 끝나지는 않는다는 걸 알았다. 아버지의 트럭에 시동 걸리는 소리가 들리면 현관문이 부서져라 닫고 집으로 들어갔다. 둔탁한 항의가 단발에 그치고, 트럭 소리가 멀어지면 다시 마당으로 나와 견사를 확인했다. 왠지 눈에 밟혔던 개들은 늘 사라졌고 그 사실은 나를 쉽게 상처 입혔다.

아버지에게 개는 돈이었다. 개들은 농장을 떠나 아버지와 내 생활비로 돌아왔다. 아버지는 개들에게 이름을 붙이지 않았다. 특별한 일이 없는 한 쓰다듬지도 않았다. 돈을 쓰다듬는 사람이 없는 것처럼. 개는 개일 뿐이었다. 돈이 필요하면 길러서 팔고, 배가 고프면 먹어야 하는 가축이었다. 가끔, 아버지는 개들이 마당에서 뛰어다닐 수 있도록 해줬다. 늘 갇혀 있기만 하면 건강한 새끼들을 낳을 수 없다고. 내가 어느 정도 컸을 때부터는 해 지기 전에 잡아넣으라고 하고는 집으로 들어가거나 다른 일을 했다. 이런 일과가 좋아서, 나는 수업이 끝나면 곧장 견사로 달려가곤 했다. 썰렁한 집보다는 개들과 함께 있는 것이 더 좋았다. 농장의 개들은 군데군데 털이 엉키고 냄새도 많이 났지만 상관없었다. 나는 그들을 알기 전부터 그들의 냄새에 익숙했다. 견사 곳곳에 밴 지린내도 마찬가지였다.

오늘 아침까지만 해도 나를 향해 꼬리를 흔들던 개가 저녁이면 사라지고 없다는 사실은 아프다 못해 허무했다. 하굣길에 약국에 들러 마스크와 라텍스 장갑을 샀다. 농장을 나간 개들이 어떻게 되는지 알고 나서부터, 밥을 주거나 견사를 청소할 때면 모자를 쓰고 마스크와 장갑을 착용했다. 아버지의 작업복과 장화를 신으며 개들이 아버지의 냄새 속에 숨은 내 냄새를 찾지 못하기를 빌었다. 그들의 맹목적인 애정으로부터 멀어지고 싶었다. 물론 개들은 나의 의도를 알아채지 못했다. 그들은 후각은 날카로웠다. 온몸을 가려 아버지도 몰라볼 모습을 해도, 나인 줄 알아보고 눈을 반짝이며 미끈한 장갑을 낀 손에 머리를 비비고 쓰다듬어달라고 보챘다. 배설물을 치우고 밥을 챙겨주는 일련의 과정을 끝내면 곧

장 견사에서 나왔다.

부엌을 비롯해 화장실, 아버지의 방까지 둘러보았다. 기억 속의 집보다 깔끔하다는 것 외에는 특별할 게 없었다. 뭘 먼저 정리해야 할까 생각하다 아버지의 방으로 들어갔다. 옷들은 행거에 가지런히 걸려 있었고 이불도 잘 접혀 이불장에 들어가 있었다. 아버지는 적어도 방에서 숨을 거둘 생각은 하지 않았던 모양이다. 짐이 너무 적어서 다 챙겨도 두 상자 정도밖에는 안 나올 것 같았다. 짐에서는 아버지의 냄새가 났다. 개와 인간의 비린내가 섞인, 지독하고 쓸쓸한 냄새였다. 엄마가 떠난 후로는 졸업식 사진을 꽂아두는 용도로만 썼던 사진첩 한 권만을 챙겼다. 나머지는 모두 상자 안으로 들어갔다. 부동산에서는 어차피 이곳을 다 밀어버릴 거라고 했다. 그게 맞았다. 우리의 집이었던 컨테이너도 견사도 전부 아버지가 손수 만든 것이어서 오래 사용하기에는 힘들었다. 비전문가가 저렴한 자재로 지은 건물들은 쉬이 녹이 슬었고 겨울만 되면 삐걱대며 앓는 소리를 냈다. 이대로 놔두면 꼭 폐가 같을 터였다. 고치느니 다시 짓는

게 싸게 먹힐 것이다. 아버지와 내가 함께였던 시간은 며칠 후면 다 쓸려나가 흔적도 없이 사라질 예정이었다.

거실의 십 년 넘은 텔레비전을 어떻게 할까 고민하고 있을 때 전화가 왔다. 모르는 번호여서 두어 차례 무시했는데도 계속 벨이 울렸다. 일단 받고 잘못 걸었다고 말하는 게 좋을 것 같았다.

"승환이니?"

누굴까. 여자의 입에서 나온 내 이름은 퍽 다정스레 들렸다. 한 사람이 떠올랐다. 이내 그 사람만은 아니었으면 하고 간절하게 바랐다.

"승환아, 엄마야. 엄마."

삼십 분 정도 걸릴 거라고 했다. 여기로 오고 있다고. 왜냐고 물으니 "무슨 흉사니 이게." 하며 오랜만에 얼굴이라도 봐야겠단다. 오랜만이라는 단어가 그렇게 긴 시간까지도 담아내는구나. 엄마는 이런저런 이야기를 하며 웃었다. 아버지가 죽었는데 잘도 웃었다.

경적 소리에 집을 둘러싼 정적에 틈을 내 파고들었다.

나가서 철문을 여니 차가 한 대 들어왔다. 운전자는 나보다 조금 어려 보이는 남자였고, 그 옆에 나이 든 여자가 앉아 있었다. 여자가 차에서 내리자 개가 짖어댔다. 여자는 목도리로 얼굴을 덮어 반 정도 가렸다. 보풀이 잔뜩 인 장갑을 낀 손은 명품을 어설프게 카피한 로고가 덕지덕지 인쇄된 가방을 꼭 쥐고 있었다. 검은 코트는 모든 면에 전부 보풀이 일어 먼지 구덩이에서 꺼내 입은 것처럼 보일 정도였다.

"여기는 아직도 개가 있니? 세상에, 지긋지긋하다 얘. 잘 지냈어? 춥다. 얼른 안으로 들어가자."

여자는 내 팔을 붙잡았다. 마지막으로 본 엄마는 지금보다 스무 살은 더 어렸다. 지금의 모습은 상상할 수조차 없을 정도로. 셔츠에 닿는 손이 거칠었다.

"저분은 안 내리시나요?"

"좀 기다리라고 했어. 걱정하지 말구, 어서 들어가자. 장례는 잘 치렀니? 피곤하겠다."

여자는 집으로 들어가는 내내 쉬지 않고 말을 했다. 차라도 내야 하나 싶었지만 그런 게 있을 리 없었다. 방

석은 상자에 넣고 봉해버려서 식탁으로 안내했다. 그녀는 볕이 잘 드는, 아버지와 함께 살 때는 내 지정석이었던 의자에 앉았다. 나는 아버지의 자리에 앉았다.

"그래도, 나쁘지 않게 살았네, 참. 그렇게 죽을 줄은 또 몰랐다. 안 그러니?"

"어떻게 알고 오셨어요?"

"어머, 얘는. 갈라선 지 오래긴 하지만 니가 있는데. 연락을 아예 끊고 살지는 않았지."

말하는 중에도 혀가 입술을 쓸었다. 혀는 쪼그라든 입술 위를 오가며 침을 발랐다.

"물이라도 드릴까요?"

"아니, 아니야……. 괜찮아. 차나 커피는 혹시……?"

"없는 거 같은데요."

"그래. 그래……. 그 양반이 그런 거 챙겨두는 사람은 아니었지."

눈동자가 흔들리기 시작했다. 할 말이 있어서 온 것 같은데, 뭔지 감이 잡히지 않았다. 너무 갑작스러웠다. 왜 찾아온 걸까. 이십 년 가까이 남처럼 잘 살아왔는데.

내 앞에 앉아 집을 힐끔대는 늙은 여자는 정말 남 같아서 당혹스러웠다. 그녀는 나를 보러 왔다면서 나의 이야기에는 별 관심이 없어 보였다. 어디서 뭘 하고 사는지, 물어보지도 않았다.

"할 말 있으시죠?"

그녀는 칠이 벗겨진 가방 손잡이를 여러 번 매만지다 입을 열었다.

"한 일이 년 전쯤에 니 아버지가 어떻게 알았는지 나 사는 데를 찾아와서는 대뜸 이혼하자고 하더라. 지금까지 안 하고 잘 살았는데……. 늦바람이 들어서 여자라도 생겼나 싶었지. 뭐 나도 같이 사는 사람이 있고 해서 그러마 하고 도장 찍었지. 그런데 죽었다는 이야기 듣고 그때부터 생각한 게 있었던 모양이다 싶더라고. 니 아버지가 말이다, 이 땅 너한테 남기지 않았니? 세상에, 내가 법적으로 자기 아내로 되어 있으면 내가 재산 상속 일 순위잖니. 그래서 그랬나 보다 했어. 그래서 말인데, 혹시 땅 계속 갖고 있을 거니? 내가 아는 사람 중에 하나가 이 근방에 땅 보고 있다길래, 그러면 여긴 어떠냐고 넌지시 물어봤잖니. 마음에 들어 하는 거 같아서 너 얼굴도 볼 겸 만나서 이야기를 해보면 어떨까 싶었지. 중간에 부동산 끼우지 말고 직접 거래 트면 이익이고, 그 대신에 나도 수수료 조금, 아주 조금만 챙기고……."

"팔았어요."

"무슨 소리야?"

"벌써 팔았어요. 돈도 받았고. 계약도 했어요. 주말까지 짐 다 빼기로 했어요."

"아, 아니, 그, 그렇게 빨리? 넌 니 아버지 생각도 안 하니? 허, 허, 참 나. 죽은 지 삼 일은 됐니? 세상에나……."

"돌아가시기 전에 정리 다 하셨어요."

참고 참았던 한숨이 길게 터져나왔다.

"잘 지내셨어요? 더 하실 말씀, 있으세요?"

그녀는 꿀 먹은 벙어리처럼 입을 닫고 앉아 있을 뿐이었다. 대답은 돌아오지 않았다.

"아유, 지금 바쁘다니까. 둘째는? 학교 보냈어? 밥은?

챙겨줬어? 좀 늦을 것 같아. 라면이라도 끓여 먹어. 아 끓여, 곧 가. 뭐? 잘되기는 개뿔. 세상에 그 인간, 죽기 전에 미리 손 다 써놨다지 뭐니. 아니 왜 화를 내고 그래? 누군 이렇게 될 줄 알았어? 그러게 누가 같지도 않은 일에 돈 다 끌어들여서 말아먹으래? 그게 누구 탓이야? 어? 세상에……."

통화 내용은 멀리서도 또렷이 잘 들렸다. 차가 집을 빠져나가자마자 철문을 닫아걸었다. 철문 닫는 소리가 비명처럼 울렸다. 엄마가 현관문을 나가면서부터 짖어대던 개는 그때야 조용해졌다. 머리를 쓸어주자 낑낑대며 손바닥에 주둥이를 비볐다.

학교가 일찍 파한 날이었다. 고등학생에게 이런 일은 흔치 않아 신이 난 친구들은 다 시내로 나갔다. 나도 그러고 싶었지만 얼마 전 치른 중간고사 성적이 좋지 않아 기분이 나지 않았다. 추운 날씨에 텅 빈 버스에서 내려 집으로 걸어오는데, 평평한 길과 밭 사이의 고랑에서 꿈틀거리는 비닐봉지가 눈에 띄었다. 차마 그냥 지나칠 수는 없어 얼른 내려가 주워 들었다. 손을 떨며 봉지를 풀었더니, 강아지 한 마리가 나왔다. 이도 다 나지 않은, 아주 어린 새끼였다. 비닐봉지 안에서 바들바들 떠는 강아지는 분명 농장에서 난 것이었다. 촌이라 근방에는 품종이 있는 개를 키우는 집이 거의 없었고 있어도 푸들은 아니었으니까. 잘 팔릴 만한 특징도 없고 눈까지 짝짝이인 강아지는 상품 가치가 없었다. 몇 번 손바닥으로 쓸어주자 미약하게 삑삑거리는 강아지를 교복 외투 안에 넣고 집까지 왔다.

처음으로 아버지에게 화를 냈다. 뭐라고 했는지 잘 기억은 나지 않았다. 아마 왜 멀쩡하게 살아 있는 개를 갖다 버리느냐고, 불쌍하지도 않으냐고 했던 것 같다. 입을 열 때마다 속이 끓어올랐다. 늙은 개들은 개장국집에 팔아버리고 안 팔릴 새끼들은 이런 식으로 버렸느냐고 힐난했다. 아버지는 말이 없었다. 구석으로 몰리는 건 아버지만이 아니었다. 아버지가 트럭에 싣고 나가는 개들이 어떻게 되는지, 나도 사실 다 알고 있었다. 이런 식으로 눈앞에 드러나지 않았을 뿐이다. 스스로 돈을 벌고 아버지도 내가 부양할 수 있을 때까지 기다리면, 그래서

이 일을 하지 않고도 살 수 있게 되면 해결될 거라고 막연하게 생각했던 나도 궁지에 몰렸다. 날 선 말들을 내뱉으며 날뛰다 허물어졌다. 힘이 빠졌다. 이 개는 건드리지 말라고 했다. 내 개니까, 내가 알아서 하겠다고. 방으로 들어가려 아버지에게서 등을 돌렸을 때, 아버지는 마지못해 허락했다. 꼭 처음 새끼를 뺏기고 길길이 날뛰는 어미처럼 군다는 말과 함께. 개는 다 자란 이후부터 밖에서 지냈다. 다 큰 개가 사람과 한집에 산다는 걸 받아들이지 못하는 아버지와의 타협이었다.

결과적으로 개를 책임진 건 아버지였다. 나는 집에서 최대한 멀리 떨어지기 위해 노력했을 뿐 개에 대해서는 잊다시피 했다. 입학한 대학 기숙사에서는 당연히 애완동물을 키울 수가 없었고, 아버지는 나를 나무라지 않았다. 그저 알겠다는 의미로 고개만 끄덕였다.

온전한 그릇만 골라 챙겼다. 이가 빠진 것들은 여길 나갈 때까지만 사용하다 버리면 될 것 같았다. 정리를 하면서 몇 번이고 식탁을 돌아보았다. 아버지는 어떤 모습으로 죽었을까. 똑바로 앉아서? 엎드려서? 약을 주사

한 후에는 옆으로 넘어지지 않았을까? 영안실에서 본 시신은 반듯하니 자면서 죽은 것처럼 깨끗했다. 넘어졌다면 멍이라도 들지 않았을까. 정리를 서둘렀다.

남은 건 욕실과 내 방, 그리고 바깥이었다. 개 사료나 각종 공구를 넣어두던 창고는 치워놓고 가야 할 것 같았다. 그 안에 든 것은 가져가봐야 쓸 일도 없을 물건들이겠지만, 혹시 모르니까. 부엌에서 나온 쓰레기들을 집밖에 내놓고 방으로 들어갔다. 옷은 작아서 입기 힘들었고, 학교 다닐 때 쓰던 문제집이나 책 같은 것들은 더더욱 쓸모가 없었다. 쓰다 만 연필, 열심히 모았던 지우개 같은 잡동사니도 고스란히 쓰레기가 되었다. 봉투를 가지러 나가려는데 발에 뭔가 채었다. 어제 열어보지 못한, 아버지가 두고 갔을 봉투였다. 집어 들어 살짝 흔들어 보았다. 생각보다 가벼웠다. 봉투를 열어 든 것들을 침대에 쏟았다. 낯익은 물건이었다. 마스크와 라텍스 장갑. 불현듯 떠오르는 것이 있어 현관으로 갔다. 현관에는 장화 한 켤레가 놓여 있었다. 반쯤 열린 문으로 찬 기운이 파고들었다. 맞은편의 견사가 눈에 들어왔다. 바람이 들어가지 않게 나무판자로 아래를 막아 안이 보이지 않는 견사는 이미 폐허가 되어버린 듯 을씨년스러웠다. 아버지가 미처 정리하지 못한 것은 견사에 있을 게 분명했다.

이곳으로 이사 오던 날 나는 아버지에게서 나던 냄새의 근원을 발견했다. 코끝을 찡하게 만드는, 시큼하고도 비린 그 냄새는 온 천지에 널려 있었다. 그림책에서나 보던 '멍멍이'들이 나를 보며 맹렬하게 짖어대자, 나는 그 자리에서 오줌을 싸고 말았다. 아버지는 아무 말 없이 내 손을 잡고 집으로 들어가 샤워를 시켰다. 개들은 온몸으로 호감을 표시했다. 견사에 쳐진 철망 안으로 손을 집어넣으면 분홍색의 혀들이 손가락을 핥아댔다. 손을 축축하게 적시는 침과 물컹거리는 혀, 표면에 느껴지는 간질간질한 느낌. 그 야릇한 감각은 하루에도 수 번 철망 안으로 손을 집어넣게 했고, 그 덕에 나의 손은 늘 개의 침으로 번들번들했다. 혀만이 아니었다. 귀지가 군데군데 묻어 있는 귓속, 킁킁대며 나의 냄새를 맡는 촉촉한 코. 개들은 나에게 새로운 세계를 가르쳐주었다.

손끝으로 살아 있는 감각이 스며들었다. 헉헉대던 주둥이에서 피어오르는 생선 썩은 내마저도 나를 개들에게서 떼어놓을 수는 없었다.

아버지의 작업복과 패딩 점퍼를 꺼내 입었다. 마스크와 장갑, 장화까지 신고 나니 중무장이 따로 없었다. 얼어 죽지는 않겠다 싶었다. 밖으로 나가자 개는 얌전히 꼬리만 흔들어댔다. 사료를 찾아 조금 부어주었다. 물에 살얼음이 꼈다. 견사 앞에 삽 한 자루가 세워져 있었다. 농장에서 가장 큰 삽이었다. 삽자루를 밀어 쓰러뜨리자, 삐거덕 소리와 함께 견사 문이 열렸다. 지독한 지린내가 혹 끼칠 것으로 생각했는데, 냄새가 그리 강하지 않았다. 참을 만했다. 숨을 뱉으면 눈앞이 흐려질 정도로 김이 나는 추운 날인 데다, 나무로 만들어진 견사가 눈이 내렸다 녹았다 하는 과정에서 얼어붙어서 그런 듯했다. 공기 중에 개털이 둥둥 떠다녔다. 발을 떼다 뭔가를 밟았다. 산산조각이 난 약병이었다. 그 옆으로 주사기 두 개가 데굴데굴 굴러갔다. 몇 걸음 앞에, 미동도 없이 누운 개가 있었다.

가장 가까이 널브러진 것의 다리를 살짝 잡았다 놓았다. 잘 떨어지지 않았다. 주둥이가 벌어진 채 꽝꽝 얼어 바닥에 붙어 있는 모습은 마치 자연이 만든 박제 같았다. 비죽 나온 혀는 바싹 말라 견사 바닥에 붙었다. 군데군데 털이 빠진 놈도 보였다. 여섯 마리의 개들. 모두 늙은 것들이었다. 보신탕집에나 갖다 줬을 개들을 뭐하러 일일이 죽였을까. 그리고 그대로 놓아두었을까. 아버지의 마지막 개들은 죽었으나 도살당하지는 않았다.

"그냥 같이 살지."

아버지에게 개는 돈벌이의 수단일 뿐이었다. 외로움을 달래주지는 못했다. 마지막까지도.

아무리 찾아봐도 시너나 휘발유는 없었다. 다 낡은 견사라 새 주인이 쓸 것 같지도 않고, 채로 태워버릴까 했는데 여건이 따라주지 않았다. 읍내로 사러 나갈까 하다 그만두었다. 규모가 커서 함부로 태웠다가는 문제가 될 것 같아서였다. 견사에서 나오다 밀쳐놓은 삽에 걸려 넘어질 뻔했다. 별도리가 없었다. 삽자루를 잡고 질질 끌며 견사 뒤쪽으로 향했다.

농장이 제일 잘되었을 때, 지금의 견사 뒤쪽에 작은 견사가 하나 더 있었다. 만든 지 얼마 되지 않아 철거하고 말았지만. 농장은 천천히 작아졌다. 애완동물에도 유행이 있었다. 애완용이 될 수 있는 동물은 새, 기니피그, 토끼 등으로 점차 다양해졌고 파충류를 키우는 사람도 심심찮게 텔레비전에 나왔다. 부정 탄다며 각종 멸시를 받던 고양이는 개와 함께 가장 흔한 애완동물이 되었다. 아버지는 그런 데까지 관심을 기울이지는 않았다. 열심히 일하기만 하면 결과도 그렇게 되는 줄 아는 사람이었다. 견사 뒤쪽에는 꽤 넓은 공간이 아무것도 없이 방치되어 있었다. 잡초만 무성하게 자란 채였다. 군데군데 시멘트벽돌이 널렸다. 미처 치우지 못한 것들이었다. 이 공간을 활용한 다른 방법을 찾지 못한 채로 십여 년이 지났다. 치울 필요도 느끼지 못했던 벽돌들은 귀퉁이가 닳아 문드러질 정도로 오래 같은 자리에 있었다.

거세지는 바람이 무색하게 점퍼까지 벗고 삽질을 했다. 돌이 많아 파내려가기가 힘들었지만 구덩이는 착실하게 깊어졌다. 주변에 쌓이는 흙이 크고 작은 산을 만들었다. 사람이 들어가 누워도 멀리서는 보이지 않을 만큼 깊어졌을 때, 지는 노을이 눈에 들어왔다. 견사로 돌아가 사체를 들고 나와야 했다. 노을이나 바라보다 집으로 들어가고 싶었지만 그것들을 대신 꺼내줄 사람은 없었다. 사체는 견사 바닥에 들러붙은 채로 얼어서 완력을 사용해 뜯어내야 했다. 뭔가 떨어져나가는 소리가 들렸지만 무시했다. 찢어졌을 살점 하나하나에 신경 쓸 수 있는 상태가 아니었다. 숨을 참아도 막기 힘든 썩은 내, 얇디얇은 라텍스 장갑을 타고 올라오는 냉기에 소름이 다닥다닥 올라붙었다. 여섯 마리째 뜯어낼 때는 미친 사람처럼 허공에다 욕을 퍼부었다. 흙을 다 덮고, 다지고, 집으로 들어가 변기를 붙잡고 먹은 것들을 다 쏟아내는 와중에도 나는 계속 욕지거리를 했다.

세면대에서 입을 씻었다. 겨우 정신이 들자 밖에 묶인, 살아남은 개가 떠올랐다. 문 여는 소리가 들리자 개는 개집 밖으로 나와 나를 반겼다. 그러나 가까이 다가가자 끙끙대며 불안해했다. 내 몸에서 죽은 개들의 냄새가 나는 모양이었다. 얼어붙은 물그릇 옆에 새 그릇을 놓고 두어 발짝 뒤로 물러섰다. 개집은 내가 만든 그대로였다. 목에 맨 줄도 그랬다. 아버지의 집을 떠나서도 가끔 개 생각이 났다. 예쁘게 생긴 것도 아닌데 하는 짓이 유난히 귀여워서 그랬다. 방정맞게 촐싹대지 않아서 더 좋았다. 개는 지금도 까만 눈을 반짝이며 나를 응시했다. 다가가 개집에 묶인 줄과 목에 걸린 가죽띠를 풀었다. 오랫동안 하고 있어서 그런지 목 주변에 털이 듬성듬성 빠졌다.

"너 가고 싶은 데 갈래?"

목줄이 없어졌다는 사실을 모르는 듯, 개는 서 있던 자리에 그대로 앉았다. 다시 몇 발 뒤로 물러서 쪼그리고 앉아 박수를 한 번 쳤다. 개는 냉큼 달려와 손에 몸을 비볐다.

샤워를 하면서 개를 씻겼다. 개에게도 나에게서도 지독한 냄새가 났다. 아버지는 몸을 자주 씻는 편이었다. 농장에 어둠이 내리면, 작업복을 벗고 화장실로 들어와 몸을 씻었을 것이다. 매일같이 씻어도 아버지에게선 개들의 냄새가 났다. 엄마도 나도 떠난 집에는 거기에 대해 퉁을 놓을 사람이 아무도 없었다. 피부가 빨갛게 익을 때까지, 그 냄새들을 기억에서 지워버릴 수도 있을 만큼 긴 시간 동안 몸을 씻었다.

가져갈 짐들을 트렁크에 옮겨 실었다. 개는 십 년 동안 집안에서 살았던 개인 양 편안하게 볕이 잘 드는 거실 한구석에 누웠다. 어제 벗어둔 상복에서 향 냄새가 올라왔다. 제대로 씻지 못했던 내 냄새와 섞인 향 냄새는 견사에서 나던 냄새만큼이나 지독했다. 얼른 버려야겠다고 생각하며 주워 들었는데, 딱딱한 뭔가가 만져졌다. 휴대폰이었다. 엄마에게서 전화와 메시지가 여러 통와 있었다. 어린 너를 두고 집을 나온 건 미안하다, 당시에는 나도 어려서 모든 게 힘들었다. 그 외의 구구절절한 내용. 이 여자는 왜 지금에야 이렇게 할 말이 많은지. 몸을 일으킨 개가 부르르 떨었다. 쩍 벌린 주둥이에서 긴 하품이 새어나왔다. 천천히 꼬리를 흔들며 걸어온 개는 다리에 몸을 비비며 밖으로 나갔다. 바람이 세포 하나하나에 사무쳤다. 내게 남은 건 표지가 누릿한 통장 하나와 늙은 개 한 마리뿐이었다. 현관 앞에 앉아 뒷다리로 귀를 긁는, 나의 개 한 마리 장판 위를 딛는 개의 발소리가 타닥타닥 가까워졌다. 발가락이 축축했다. 간지러웠다.

개는 짖지 않았다.

존의 내일

"내일이면 돌아오실 수 있을 겁니다. 지금은 모두 여기서 나가셔야 합니다."

흰옷을 입은 남자가 말했다. 남자? 목소리로 추정했을 때 그랬다. 여자일지도 몰랐다. 그가 입은 흰 옷은 그의 온몸을 감싸고 있었다. 혼자서는 도저히 벗을 수 없을 것 같았다. 머리까지 옷 속에 파묻힌 듯 보이는 그가 사람임을 깨달을 수 있는 부분은 눈 하나뿐이었다. 잠수부들이 쓰는 수경 같은 안경에 덮여서 완전히 노출되지는 않았지만, 그마저도 제대로 보이지 않았다면 그 안에 든 것이 사람이기는 한지 의심했을 것이다. 우주인들이

입는 옷에 내피가 있다면 이렇게 생기지 않았을까? 언젠가 텔레비전에서 본 다큐멘터리가 떠올랐다. 우주로 가기 위해서는 모든 행동을 처음부터 다시 배워야 한다고. 우주라는 새로운 장소에서 우리는 모두 갓난아기와 같은 존재가 되어버리기 때문이라고. 내레이터가 그렇게 말했던 것 같다.

존과 아이는 초록불을 기다리는 중이었다. 제법 큰 도로의 횡단보도 앞이었다. 비가 내려서일까, 평소와는 다르게 횡단보도 근처에 사람이 별로 없었다. 아기띠를 맨 존의 등은 축축하게 젖었다. 아기가 있는 앞쪽으로 우산을 한껏 기울인 탓이다. 비가 내려서 일을 나가지 않았다. 모처럼의 쉬는 날이라 장을 보러 나왔다. 사야 할 것을 메모 어플에 적어두었지만 혹시 빠트린 것이 있을지 기억을 더듬고 있었다. 그런 날의 존과 아이 앞에 흰 옷을 입은 남자가 침범했다. 남자는 차에서 내리자마자 존과 아이에게 이곳에서 떠나라고 말했다. 이윽고 횡단보도에 선 다른 사람들에게 그 말을 하러 떠났고, 버스에서는 흰옷의 사람들이 몇 명 더 내렸다. 흰색으로 꽁꽁

싸여 구멍이라고는 찾을 수 없는 옷을 입었는데도, 남자의 말은 아주 또렷했다. 여기서 나가라. 이곳은 이제 이런 옷을 입고 들어와야 할 만큼 심각하게 오염되었다. 존은 두 달이 넘는 시간 동안 벌거벗은 채 살아왔던 양 수치스러웠다. 두 달 전 일어난 사고는 이제야 존의 일상에 침범했다.

분명 외출 자제만 권고된 상황이었다. 존이 사는 곳은 사고 지점에서 십 킬로미터 정도 떨어진, 걱정은 되지만 딱히 어찌할 방도는 없는 곳이었다. 여태까지는 그랬다. 존이 일상으로 되돌아가려 노력하는 사이, 수도에서는 대피 지시 구역의 범위를 넓혀야 한다는 의견이 지배적이었다. 그들은 사고 지점 팔 킬로미터 이내의 사람들에게 그랬듯, 결국은 존도 떠나야만 한다고 결정했다. 이유는 그들, 그 외에 사고로부터 안전한 듯 보이는 모든 이들에게는 너무나도 당연했다. 어쩌면 전 세계적으로 당연한 일일지 몰랐다. 존 역시도 이곳을 떠나야 할 때가 언젠가는 오지 않을까 하는 막연한 생각은 있었다. 그러나 이렇게 급작스럽게 결정될 줄은 몰랐다. 두 달이 지나도록 어떤 부분도 수습되지 않았고, 그 사실을 전혀 알지 못한 채 그와 아이는 이곳에서 두 달간 숨을 쉬고 물을 마셨다. 아이가 고농도의 방사능에 고스란히 노출된 채 지냈다는 사실이 존의 머릿속을 점령했다.

존은 우산을 바투 들었다. 우산으로 아이를 둘둘 말 수 있었다면 그렇게 했을 것이다. 집에 들러 땀으로 진득한 가슴팍에서 바동거리는 아이를 내려놓고, 가지고 있는 것 중 가장 큰 가방을 꺼냈다. 자신의 물건은 최소한으로만 챙기고 남는 공간에는 모두 아이의 물건을 넣었다. 베란다로 나가 창문을 모두 걸어 잠갔다. 가스밸브와 수도도 확인했다. 작은 집이었다. 결별이 아름답기에는 너무 작아서, 떠나는 소회를 생각해보기도 전에 정리가 끝났다. 집에 도착했는데도 아기띠를 풀어주지 않는 것이 불만이었는지, 아이의 칭얼거림이 커졌다. 존은 배낭을 메고 아이를 안아 올렸다. 핸드폰이 쉴 새 없이 진동했다. 사야 할 물건이 적힌 메모 어플 위로 아우성이 빗발쳤다. 확인할 겨를이 없었지만 어떤 소식이 도착했을지 대강 짐작이 갔다. 정확하게는, 사고 지점에 밀

집해 있던 원전 중 두 기의 연료봉이 녹아내리기 시작했다는 소식이었다. 이와 같은 내용을 담은 기사들이 전 세계로 퍼져나가는 중이었다.

겨우 구한 고속열차표를 입에 물었다. 아이는 집에서 나온 뒤부터 계속 칭얼댔다. 감기라도 걸릴까 걱정이 이만저만이 아니었다. 존은 반 년 전 아이를 키우기에 조금 더 나은 집으로 옮기려 차를 팔았다. 그때의 결정이 뼈저리게 후회되었지만, 이런 일이 있을 거라는 사실을 누군들 알 수 있었을까. 존은 양손 가득 짐을 들고, 아기띠를 앞으로 맨 채 열차를 기다렸다. 지붕이 있어 우산을 들고 있을 필요가 없다는 사실이 다행스러웠다. 역에 모인 이들의 모습은 존과 별반 다르지 않았다. 다들 짐을 들고 있었고, 당혹스러운 기색이 역력했다.

굉음이 터져나오자, 사람들은 고개를 쭉 빼고 들어오는 열차를 주시했다. 핸드폰에 시선을 고정하거나 달려드는 열차 소리를 들으며 가만히 서 있던 풍경은 기억 속에나 존재했다. 지금 우리가 탈 열차가 들어오는 게 맞기는 한 걸까, 내일은 이곳에 열차가 설까. 사람들은 의구심 가득한 눈으로 들어오는 열차를 뚫어져라 쳐다 보았다. 열차가 서자 사람들이 좁은 입구로 한꺼번에 달려들었다. 존도 열차에 타기 위해 사람들 틈을 비집었다. 아이가 울음을 터트렸다.

"갠차느, 갠차느."

열차표가 이 끝에서 잘근잘근 씹혔다.

들어가는 것만으로도 진이 다 빠질 지경이었건만, 자리에 앉는 것도 문제였다. 그렇지 않아도 좁은 복도가 사람들로 꽉 들어찼다. 소모적인 실랑이에 겨우 잦아든 아기의 울음이 격하게 터져나왔다. 존은 안절부절못하며 아이를 얼렀다. 승객들이 웅성거렸지만 이미 복도 안쪽으로 들어온 상태였던 존은 오도 가도 못한 채 낀 상태였다. 서로가 불편하고 어색했지만 멀어질 수 없었다. 이들은 모두 흰옷을 입은 누군가를 만났고, 방사능에 대한 공포에서 벗어나기 위해 부랑의 내일에 대한 공포로 뛰어들었다.

열차 안은 터널과 농지를 지나며 어두워졌다 밝아지

기를 반복했다. 처음으로 정차한 역에서는 아무도 내리지 않았다. 사람들은 끝없이 밀려들기만 했다. 존은 자신이 이곳에 정착했더라면 어땠을까 생각했다. 그랬다면 아이가 조금이라도 방사능의 영향을 덜 받지 않았을까. 아이의 성장이 두려웠다. 몸과 함께 자라지 말아야 할 세포가 함께 자라 여린 몸을 헤집을까 봐, 변형된 세포가 한없이 자라고 또 자라서 아이의 몸을 잠식해버릴까봐. 존은 당장 살 곳이 없어지는 것보다 그것이 더 두려웠다.

양손에 든 짐 탓에 뒤뚱대며 내렸다. 아이는 한동안 잠잠하다 열차에서 내리기 얼마 전부터 다시 칭얼대기 시작했다. 배가 고픈 모양인지 울음소리가 크지 않았다. 땀에 젖은 머리카락이 뺨에 달라붙어 애처로웠다. 챙겨온 분유라도 먹여야겠다 싶어 수유실을 찾아 한참을 돌아다녔다. 그는 젖병에 분유를 퍼 담기 전에 자신도 모르게 분유통에 적힌 성분 표시를 자세하게 읽어보았다. 다행이도 그가 살던 곳 근처에서 난 재료는 쓰이지 않았다. 젖병 흔드는 소리에 칭얼거림이 멎었다. 존은 조

심스레 아기띠를 풀고 분유를 먹였다. 아이는 급하게 젖
병을 빨았다.

"……지방을 전격적으로 폐쇄시키겠다는 결정을 내
렸습니다. 현재 관련 기관에서 해당 지역을 찾아 주민들
을 대피시키는 작업을 진행하고 있다고 합니다. 고속도
로를 비롯해 다른 지방으로 나가는 도로들은 모두 극심
한 정체를 빚고 있습니다. 현재 도로교통 상황을……"

아이는 거의 다 먹은 젖병을 잘근잘근 씹으며 장난을
쳤다. 이유식을 시작한 지 꽤 되었지만 경황이 없어 챙
겨오지 못했다. 오랜만에 먹는 분유가 맛있는지 아이의
눈가에 웃음이 깃들었다. 잔뜩 굳어 있던 존의 눈가가
파르르 떨렸다.

존과 아이는 한 시간이 넘도록 지하철을 타야 하는 수
도 변두리의 아파트로 갔다. 존의 누나가 사는 곳이었
다. 연락도 하지 못한 갑작스러운 방문이었지만 매형은
존과 아이를 반갑게 맞아주었다. 존에게 가족은 누나뿐
이라고 해도 과언이 아니었기에, 갑작스런 군식구라고
기분 나빠하는 기색도 쉽사리 하지 못했다. 누나는 별말

이 없었고, 조카는 그런 누나의 다리 뒤에 숨었다. 두 가족이 만난 건 누나의 결혼식 이후 처음이었다.

어머니는 존을 낳자마자 죽었다. 국경 근처의 외딴집에는 존과 그의 누나, 그리고 아버지만 남게 되었다. 아버지는 보란 듯이 두 아이를 방치했고, 삭힐 수 없는 화가 일 때면 아이들에게 무자비한 행동을 일삼았다. 아내가 죽은 이유가 모두 아이들 때문이라는 듯이. 일이 끝나고 느지막이 집에 들어온 아버지가 안줏거리를 찾아 냉장고를 뒤적일 때면 존과 누나는 조용히 집을 나와 뒷마당에 숨었다. 집 외벽에 등을 기대고 앉아, 고래고래 소리를 지르며 자신을 찾는 아버지의 목소리를 느끼며 오들오들 몸을 떨었다. 존이 아주 어렸을 때 누나는 와들와들 떨던 그의 손을 꼭 붙들어주었다. 얼마 지나지 않아 존은 누나의 손아귀에서 손을 빼냈다. 누나는 그를 안심시키기 위해 손을 잡아준 것이 아니었으니까. 그 작은 진동마저도 아버지의 귀에 들리지 않게 하기 위해서였으니까. 이후, 서로의 겁먹은 눈동자를 보고 싶지 않았던 그들은 정면의 숲만을 뚫어지게 응시했다. 살갗이 닿으면 화들짝 놀라며 움츠러들었다. 그래서일까, 아버지의 집을 떠난 뒤에도 둘은 가까이 지내지 않았다. 함께 지낸 시간은 떠올리는 일마저 고통스러울 정도로 일그러졌다. 매형은 존과 아이에게 조카의 방을 내주었다. 존의 아이는 밤잠을 잘 설치는 편이었기에, 존은 민폐를 끼치지 않겠다고 한껏 자세를 낮췄다.

한동안 일을 구한다는 핑계로 어둑해져서야 집에 들어갔다. 일을 구하러 다니지 않은 것은 아니었다. 그러나 혼자서는 몇 발짝 걷지도 못하는 시기의 아이를 안은 채로는 도무지 방법이 없어서 시간만 축내는 날이 더 많았다. 낮이면 다들 나가고 없는 누나의 집에 들어가 끼니를 챙기고 근처를 빙빙 돌기만 하다 들어가는 날이 비일비재했다. 오늘도 허탕이었다. 잔뜩 풀이 죽은 존이 아이를 안고 들어왔다. 누나가 퇴근해 저녁식사를 차리고 있었다. 그녀는 존이 들어오는 소리를 들었으나 알은 척 한 번 하지 않았다.

모아둔 돈이 조금 있었지만 집을 살 수 있을 만큼은 아니었다. 수요 폭증에 부동산 가격은 매일같이 급등했다. 아이 봐줄 곳을 찾는 것도 일이었다. 존은 자신의 직장보다 어린이집을 먼저 알아보았다. 두 살도 안 된 아이를 맡아줄 만한 곳을 찾는 게 쉬운 일은 아닐 거라고 예상은 했지만, 문제는 그것만이 아니었다. 입학 서류를 내는 과정에서 출생 지역 때문에 일이 틀어졌다. 받아준다는 어린이집에 겨우 보내놨더니 소문이 돌아 내일부터는 아이를 등원시키지 않았으면 좋겠다고 이야기하기도 했다. 이런 둘의 처지가 근방 학부모들의 입소문을 타자 일말의 희망마저 사라졌다. 존과 아이가 대피령이 내려진 곳에 두 달 동안 살다가 수도로 왔다는 사실을 온 동네 사람들이 다 알게 된 것이다. 이야기는 있는 대로 부풀어 존의 아이와 함께 어린이집에 있다간 자신의 아이도 피폭될 수 있다는 말까지 돌았다. 존의 아이가 다닌다면 앞으로 우리 아이는 이 어린이집에 보내지 않을 거라고 으름장을 놓는 이들도 있었다. 상주 도우미를 구하는 것 말고는 방법이 없는데, 누나의 집에서는 눈치가 보였다. 당장 구할 수 있는 일로는 도우미 월급을 주고 나면 한 푼도 남지 않는 실정이었다. 게다가 그 상주

도우미도 어지간히 구하기 힘들 것이 분명했다.

"집에서 할 수 있는 일을 찾아볼까 해."

지독한 침묵 속에 이뤄진 식사 중에 존의 말이 끼어들었다. 대답이 돌아오지 않아 누나가 있던 쪽으로 눈을 돌리니, 누나는 텔레비전에 정신이 팔려 있었다. 텔레비전에는 존이 내렸던 역의 내부가 비쳤다. 사고로 삶의 터전을 빼앗긴 이들이 붉은 글씨로 쓰인 팻말을 들고 흔들며 시위를 벌였다. 그들 주변에는 세간임이 분명한 짐들이 놓여 바리케이드가 되었다. 왜 미리 점검하지 않았냐고, 왜 끊임없이 일어났던 고장들을 은폐하고 축소하기만 했느냐고 묻는 이들 옆으로 그들과 나는 아무 관련이 없다고 생각하는 많은 사람들이 지나갔다. 사람들은 돌아가지 않는 공장과 망가진 돔들을 지키고 있을 흰옷의 사람들, 그리고 집을 떠나야 했던 많은 이들을 잊고 자신의 세계로 숨어들었다. 그도 누군가에게 묻고 싶었지만 대답을 줄 만한 사람은 없었다. 누나가 텔레비전을 껐다.

창문으로 들어오는 달빛이 싸구려 인형의 눈알을 길

게 훑아 내리던 밤, 존은 아이를 재우다 누나와 매형이 싸우는 소리를 들었다. 존이 지내는 방문이 아주 조금 열려 있고, 그 방에서 막 아이가 잠들었다는 것 따위는 신경 쓰지 않았다. 존이 거실 한중간에 서 있었더라도 그들은 하필이면 접근 금지 구역에 살았던 데다 애까지 떠맡은 골칫덩어리 일가붙이를 열심히 짓뭉갰을 터였다.

새벽하늘은 바다에 불이 붙은 것만 같은 빛을 띠었다. 실제로 불이 붙은 바다를 본 적은 없었지만, 저녁노을이 질 무렵의 바다가 이와 비슷한 빛깔이었음을 기억했다. 이름 모를 꽃들이 밤바람에 흩날려 절벽 아래 공장과 그 옆의 바다로 떨어져 내리던 밤. 조수석에 그녀를 태우고 공단을 지날 때 차창 밖으로 내리던 꽃비 사이로 보이던 불야성도 그와 비슷했다. 거기였나. 그 공단에서 멀지 않은 곳에 큰 돔들이 있었다. 어떻게 되었을까. 하늘에서 쏟아지는 콘크리트 반죽에 덮이고 있을지도 몰랐다. 정확하지는 않지만, 사고 이후 외국에서 이런 제안을 했다고 들었다. 어쩌면 이 제안이 누군가로부터 거

절당해 흰옷을 입은 사람들의 손으로 끝없이 생겨날 잔해만을 수습하게 될지도 몰랐다. 존은 오전 중으로 수도를 빠져나갈 생각이었다. 세상모르고 곤히 잠든 아이가 존의 가슴에서 위태롭게 흔들렸다. 아기띠가 아이를 잘 받쳐주고 있었지만, 존은 아이를 좀 더 꼭 끌어안았다.

이번에는 기차를 타려고 했다. 그가 가려는 곳까지 가는 고속열차는 없었고, 버스를 탈 수도 있었지만 타고도 한참은 들어가야 하는 지역이라 아이가 걱정이었다. 최대한 늦게 도착했으면 하는 마음도 있었지만 현실은 그의 등을 쉴 새 없이 떠밀었다. 아이는 생전 처음 보는 광경들에 입을 동그랗게 모으고 고개를 돌려가며 주변을 살폈다. 아이와 닿은 가슴팍부터 따뜻한 기운이 퍼져나갔다. 존은 답답할 때면 가슴을 치곤 했다. 살갗이 불긋하게 부풀 때면, 답답하고 속상할 때마다 뺨을 댈 수 있었던 여자의 가슴을 그리워했다. 지금은 사라지고 없는 그녀의 곡선을 떠올렸다. 그녀의 몸속은 열 달 동안 온전히 느꼈어도, 살갗을 느낄 수 있는 기회는 가져보지 못한 아이가 새삼 안쓰러웠다. 존은 그녀의 유골을 상자에 담아 옷장 깊숙이 숨겨두었다. 그는 가끔 상자를 열고 쌓인 가루의 표면을 지그시 눌러보곤 했다. 뼛가루에 움푹 팬 손자국을 가만히 바라보았다. 살갗을 눌렀을 때처럼 금방 볼록하니 올라올 거라 믿으며, 한참을 들여다보았다. 아이와 맞닿은 가슴에서 갖가지 감정이 웅성거렸다.

국경으로 가는 기차는 한산했다. 평일 오후치고는 승객이 많았지만 수도까지 올 때 탔던 고속열차와는 차원이 달랐다. 존의 옆자리에는 아무도 앉지 않아서 가방을 올려둘 수 있었다. 한숨 돌리는데, 맞은편에 앉은 여자가 슬그머니 눈을 떴다. 새까만 눈동자가 존의 얼굴부터 가슴팍에 매달린 아이까지 적나라하게 훑어내렸다. 존도 그 시선에 맞서 여자를 훑어보았다. 검은 정장을 입은 여자의 가슴팍에는 배지가 붙어 있었다. 낯이 익었다. 회색에, 작은 정사각형 위에 반원이 얹힌 형태였다. 반원 부분에는 격자무늬가 들어가 있었다. 테두리가 금빛으로 빛났다. 차창으로 들어온 햇살이 배지 표면에서 미끄러졌다. 존은 편하게 자리를 잡고 아기띠를 풀었다.

"아이가 예쁘네요."

여자가 먼저 말을 걸었다. 여자는 존과 아이에게서 시선을 떼고 차트를 읽다 어디론가 전화를 걸었다. 여자는 기차가 정차하자 전화를 끊었다. 차트에는 숫자가 빽빽하게 적혀 있었다. 기차가 덜컹거리자 옆자리에서 덩달아 흔들리는 짐 가방을 붙들었다.

"출장 가시나 봐요?"

여자는 웃으며 끄덕이고서는 입을 열었다.

"두 달 전에 일어났던 사고, 기억나시죠? 역사 이래 최대의 참사라고 난리도 아니잖아요. 점점 대피 지시 구역도 늘어나고 덩달아 이재민도 늘고. 근방 사람들은 자기가 사는 지역도 대피 지시 구역 될까봐 불안에 떨고. 그래서 아예 저희 기구 자체적으로 피해 대상자들을 위한 모금 활동을 하고 있어요. 지금까지 예상했던 것보다 많은 액수가 모이긴 했는데 피해 자체가 크다 보니 쉽지 않네요. 그래도, 열심히 해봐야죠."

"대피한 분들은 대부분 어디서 지내죠?"

"대피 구역 경계에 있는 대피소에 지내는 분들이 절

반 이상이라고 알고 있어요. 멀리 사는 가족들에게 찾아
가기도 하고요. 다시 대피소로 돌아오시는 분들도 더러
있고. 낮 시간에는 방호복 입고 직원들이 동행한 상태에
서 집에 들어갔다 오시는 경우도 있다니까요. 그렇게 위
험한데도 가고 싶은가 몰라."

"시위도 잦던데요."

"네, 골치죠. 나름대로 열심히 하고 있는데, 수습이 쉽
지 않네요. 정부 지원도 한계가 있고. 워낙 지역이 광범
위하고 대상 주민들도 많으니까. 그래도 지원이 다 돌아
갈 텐데, 좀 참고 기다려주지 왜 그러나 모르겠어요. 살
림살이까지 다 끌고 나와서는. 모금 전화 걸라는 곳에
전화 걸어서 헛소리하는 사람도 많고."

"……왜 그럴까요."

"그러게 말이에요. 워낙 이해관계가 얽혀 있는 일이
라. 모금 끝나고 정부 차원에서 보상에 대한 부분이 마
무리되면 좀 나아지지 않을까요? 그런 일들, 원래 자본
좀 투입되면 금방 시위 인원 줄고, 없던 것처럼 되어버
리곤 하니까요. 참 와해되기 쉬운 집단인 것 같아요. 정

치하는 사람들은 이걸 빌미삼아서 매일같이 시위하는 곳에 나와 가지고는 별 도움도 안 되는 이야기만 늘어놓고, 하여간……."

"집을 잃은 사람들도 그럴까요?"

이상해진 분위기에 여자는 입술을 달싹이며 존을 바라보았다. 목소리가 생각보다 컸는지, 그녀의 이야기를 듣는 사람은 존만이 아니었다. 사람들은 모두 모르는 척하며 여자와 존의 이야기에 귀를 기울이고 있었다. 기차가 다시 출발했다. 여자는 곁눈질하다 입을 열었다.

"아, 그, 글쎄요. 그건 잘 모르겠네요. 저도 이번에 처음 입사해서 일하는 거라……."

"아, 신입이신가 보네요. 그런데, 출장은 어디로 가시나요?"

"아, 성금 관련해서 지방 홍보차……."

옆자리의 팔걸이를 꼭 붙잡고 창밖을 바라보던 아이가 갑자기 칭얼댔다. 존은 능숙하게 아이를 얼렀다. 여자의 얼굴이 빨갛게 달아올랐다. 무시당했다고 생각하는 것 같았다. 신입이라고, 여자라고. 그녀가 직장에서

당했던 멸시들이 그녀의 머릿속에 자동으로 떠올랐다.

"저기요, 그런데 그쪽은 뭐 얼마나 괜찮은 일 하시길래……"

"조선소에서 일했었습니다. 지금은 새로운 일자리를 구하는 중이고요."

여자의 얼굴에 조소가 어렸다. 후련해 보이기까지 했다. 속으로 공기업 직원인 자신과 얼굴이 시커멓게 그은 실직자를 비교하는 중인지도 몰랐다. 그러나 존의 대답에, 여자의 얼굴은 붉다 못해 거뭇거뭇하게 변했다.

"살던 곳이 얼마 전에 대피 지시 구역이 되어버려서요, 일도 집도 없어졌네요."

존의 얼굴은 담담했지만 주변의 분위기가 험악해졌다. "그 지역 사람들이랑 말씨가 달라서 몰랐어요." 라는 핑계를 대며, 여자는 자리에서 일어났다. 존은 조금 미안해졌다. 화를 내려 했던 건 아니었으니까. 자리에 앉아서 가지도 못하게 할 생각은 더더욱 아니었다.

존의 고향인 국경 근처의 시골은 그가 태어났을 당시만 해도 농사조차 제대로 지을 수 없는 척박한 산지였다. 그는 아버지도 싫었지만 고향도 만만치 않게 싫어했다. 멀찍이 보이는 산맥은 인간의 수족이 닿기를 거부하는 듯 보일 정도로 빽빽한 숲으로 이루어졌다. 황량한 대지에는 밀만이 흔들렸고, 다채로운 빛깔을 만들어내는 작물이나 나무는 찾아볼 수 없었다. 산맥을 따라 미끄러져 내린 숲, 하늘을 찌를 듯 솟아오른 나무들은 바람이 불어도 쉬이 흔들리지 않았다. 어린 존은 우거진 숲 앞에 설 때면 늘 몸서리쳤다.

아버지는 수렵 금지 기간이 지나면 한결 대하기 쉬운 상대가 되었다. 본인의 취미 생활인 사냥을 즐길 수 있다는 것이 자식에게 주먹질을 하고 싶다는 충동을 어느 정도는 억제해주는 모양이었다. 주말이면 아침을 먹기 전부터 총신을 닦았고, 존과 누나는 아침을 차리며 점심에 먹을 것들을 함께 만들어 챙겨두었다. 아버지는 항상 아이들과 함께 사냥을 했다. 이것을 일종의 가족 소풍으로 여기는 모양새였다. 나무가 겹겹이 둘러싸인 숲 속에서 아버지는 온 정신을 귀에 집중해 짐승의 소리를 들었다. 뒤따라가던 존과 누나가 가지를 밟거나 넘어지기라도 하면 화살처럼 따가운 아버지의 시선이 뒤따랐다. 둘은 자연스레 아버지에게서 다섯 발 정도 거리를 두었다. 둘은 총을 통해 보는 짐승들의 움직임이 아니라 하늘을 보고 걸었다. 울창한 나무 사이로 새어드는 햇살을 붙잡아보려 하늘로 손을 뻗은 채 콩콩 뛰어오르기도 했다. 그럴 때 총성이 들리면 다리에 힘이 풀려 낭떠러지에서 떨어지듯 넘어졌다. 존은 그럴 때면 아버지의 총이 자신을 향한 것을 아니었을까, 하는 착각을 했다. 그날 저녁에는 사냥에서 잡은 짐승들이 식탁에 올랐다. 새나 토끼가 주로 잡혔지만 가끔 큰 사슴을 잡았고, 그런 날은 존과 누나도 여느 집 아이들처럼 제시간에 자신의 방에서 잠들 수 있었다.

존은 스무 살이 되기 일주일 전 그곳을 떠났다. 도망만이 목적이었으니, 갈 곳이 없었다. 누나가 결혼하기 전에 살았던 기숙사에서도 몰래 신세를 졌고, 노숙을 하기도 하면서 이리저리 돌아다녔다. 그러다 정착한 곳이 조선소였다. 다른 사람들이 배 벽면에서 작업할 수 있도록 파이프를 박고 널빤지를 올려놓는 일을 했다. 몇 가

닥의 끈에 몸을 의지해 공중에서 하는 일이었지만 보수
가 좋았다. 비나 눈이 많이 오는 날에는 일이 없었는데,
그럴 때면 우산을 챙겨 도시 이곳저곳을 돌아다녔다. 수
도만큼은 아니었지만 고향보다는 훨씬 번화한 도시였
다. 넓게 깔린 아스팔트와 빽빽이 들어찬 건물 틈에서
나는 냄새는 항상 새롭고 신기했다. 비가 억수같이 내려
일을 쉬게 된 어느 날, 그는 도시 한복판에서 아이의 엄
마를 만났다. 건장한 남자들도 자연스레 걸음을 재촉하
게 될 정도로 찬 날씨에, 그녀는 인도 한가운데 가만히
서 있었다. 매일 비가 오는 나라에서 자란 사람처럼 의
연하게. 태어날 때부터 아버지가 없는 아이를 가진 채였
던 사람처럼 꿋꿋하게. 그녀는 가진 모든 모습이 자연스
러운 사람이었다.

그녀와 달리, 존은 주변에 쉽게 섞이지 못하는 사람이
었다. 그는 지나온 모든 시간의 흔적을 거머쥔 채 살아
갔다. 조선소에서 오 년을 일했는데도 나고 자란 국경근
처 사람들의 말씨를 버리지 못했다. 서서히 해안 사람
들의 말씨에 물드는 듯 보였으나 주변에서는 거의 알아

채지 못했다. 그가 요지부동이니, 그녀가 그에게 동화되었다. 그녀는 함께 살게 된 지 얼마 되지 않아 한 지방에 살다 함께 도망쳐 나왔다고 말해도 믿을 정도로 그와 비슷한 말투를 썼다. 그녀가 무심결에 그와 비슷한 말투를 썼을 때, 그는 웃었다. 아니, 울었나? 정확하지 않았다. 그저 자신과 비슷한 말투를 쓰는 그녀의 모습만이 일렁일 뿐이었다.

역에 내려 버스를 탔다. 고향은 역에서 집으로 가는 버스가 하나밖에 없다는 사실조차도 변하지 않아서, 존은 생각보다 쉽게 과거에 다가서는 중이었다. 기억하는 것보다 넓고 긴 길이 어색해 잠들어보려고 했지만 아이 때문에 그럴 수 없었다. 도로 양옆으로 넓게 들어선 밀밭이 이리저리 물결쳤다. 존은 처음으로 파이프를 딛고 올라갔을 때를 떠올렸다. 숙련공들에게 파이프를 하나씩 올려주다 고개를 돌렸을 때, 자신의 등 뒤에 끝없는 바다가 펼쳐져 있다는 사실을 알았다. 태어나서 처음, 가장 높은 곳에서 본 바다였다. 이리저리 흔들리는 파란 밀밭에서 그날의 바다가 보였다. 저 밀들을 수확해 가루로 만들면 그녀의 유골처럼 폭신하겠지. 선체에 매달린 채 내려다본 바다에는 항상 그녀가 일렁였다. 빗속에 서 있던 그녀의 모습이. 배의 외벽에 몸을 붙일 때마다 바다에 녹아들고 싶다는 충동을 참고 또 참았다. 함께인 기억이 늘어날 가능성이 조금도 없어서, 그녀는 존에게 독보적인 존재가 되었다. 그는 몇 번이고 바다에 뛰어들 생각을 했지만 실행에 옮기지 못했다. 그녀가 남긴 작은 흔적이 그의 퇴근을 기다리고 있었으니까.

그녀는 아이의 아버지가 누구인지 존에게 말해주지 않았지만, 상관없었다. 그녀와 함께라면 아버지가 되는 것도 괜찮을 것 같았다. 그러나 그녀는 아이를 낳자마자 죽었다. 한마디 언질을 줄 틈도 없이 숨이 끊어져서, 누구의 아이인지는 영영 알 수 없게 되었다. 그녀와 맞바꾼 것만 같은 아이를 안고 병원을 나서는 순간, 존은 자신도 그녀가 그랬듯 이 지방에서 나고 자란 사람인 양 녹아들 수 있지 않을까 했다. 그녀를 닮은 이 아이가 그렇게 만들어주지 않을까 하고. 갓 두 돌이 지난 아이의 얼굴에는 그녀의 흔적이 아주 조금밖에 남지 않았다. 아이는 누가 봐도 존의 친자식처럼 보였다.

존은 버스에서 내려 밀밭을 따라 걸었다. 밀들이 서로를 매섭게 휘갈겼다. 존이 살던 집은 다른 나라와 맞닿은 국경 근처의 큰 산맥 아래였다. 마을에서도 가장 외진 곳이었다. 존은 아이를 품에서 내려놓았다. 갓 두 돌이 지난 아이는 아장아장 잘도 걸었다. 집 안이 아닌 바깥에서 걸음을 깨쳐서일까. 아이는 걷는 법을 빨리 배웠다. 이곳까지 오는 동안 떼를 쓰는 일도 많이 줄었다. 떼를 써봐야 서로를 더욱 힘들게만 할 뿐, 원하는 것을 재깍 얻기란 힘들다는 것을 눈치챈 모양이었다. 옹알이도 잘 하지 않았다. 원체 필요 없는 말은 하지 않았다. 그럼에도 존은 아이의 말이 늦어질까 걱정하지 않았다. 오히려 그것이 자신을 닮은 것만 같아서 조금 기뻐했다.

존이 일을 할 동안에 집주인이 아이를 돌봐주었다. 원룸에 세를 놓아 먹고사는 중년의 여자였다. 건물 맨 위층에 사는 그녀는 건물 앞을 쓸다 아이만 안고 들어오는 존과 마주쳤다. 그에게 맡길 곳은 있냐, 출생신고는 했냐, 꼬치꼬치 캐물었지만 정작 아이 엄마가 어떻게 되었는지에 대해서는 묻지 않았다. 그녀는 혼자 살았고, 세를 놓는 것 외에 다른 일은 하지 않았기에 흔쾌히 아이를 돌봐주겠다고 했다. 맡긴 지 한 달 정도 지난 뒤부터 집세를 낼 때 얼마 정도를 더해 넣었다. 그렇게 하는 것이 도리라는 생각에서였다. 그녀는 존의 아이를 살뜰히 보살펴주었다. 그녀는 어떻게 되었을까.

차가 거의 다니지 않는 길이었다. 아이는 흔들리는 작물들을 톡톡 치며 걷다 존을 향해 팔을 벌렸다. 아기띠를 채우니 금세 잠들었다. 오랜만에 한 걸음 연습에 기운이 빠진 모양이었다. 존은 파도를 그리는 갈대밭을 보며 아이에게 바다를 보여주지 않은 것을 후회했다. 처음으로 보았던, 그가 일하던 곳의 푸르고 깊은 바다를 보여주지 못한 것이. 이곳에서 자란다면 자신이 그랬듯이 십여 년은 더 지나야 볼 기회가 생길지 몰랐다. 존은 차를 사면 아이와 함께 바다를 보러 가야겠다고 생각했다. 아이가 태어났던 곳은 아니겠지만.

해가 거의 다 넘어갔을 즈음이었다. 삽시간에 어두워지는 산골에 창문 밖으로 노란 불이 새어나오는 집 하나가 덩그러니 자리했다. 존이 자란 곳이었다. 어린 존의 기억 속 배경은 늘 이곳이었다. 이곳에서 벗어나고 싶어서 존은 남들보다 빨리 운전을 배웠고, 면허증을 만들 수 있는 나이가 되기도 전에 트럭을 타고 심부름을 나가곤 했다. 두들겨 맞아가며 배운 운전은 금방 몸에 익었다.

둘은 차례로 도망쳤다. 존의 누나는 대학에 합격해 이곳을 떠났다. 아버지는 흔쾌히 등록금을 보냈다. 그러나 감사의 표시는 늘 부족했고, 그마저도 마지막 등록금을 입금하자마자 끊겼다. 아버지는 그 화를 존에게 풀었다. 누나의 안부전화 한 통이면 매질에서 벗어날 수 있었지만 그것을 부탁하지는 않았다. 누나를 미워하지도 않았다. 아버지의 돈이 아니면 원하는 공부를 할 수 없었던 그녀를 동정할 뿐이었다. 존의 누나는 대학을 졸업하고 얼마 지나지 않아 결혼했다. 그녀의 결혼식에 다녀오던 날, 존은 도망갈 결심을 굳혔다.

몇 번 깊은 숨을 들이쉰 뒤에야 문을 두드렸다. 육중한 나무문이 삐거덕거리자 풍경에 매달린 녹슨 쇳조각들이 부딪쳤다. 누나의 작품이었다. 아버지가 오는 소리를 조금이라도 일찍 듣기 위해서 만든 풍경이었다. 그 소리를 들을 사람이 집 안에 아무도 없게 되었지만, 아버지는 그것을 내다버리지 않았다. 끊어지기 일보 직전인 쇳조각들이 만들어내는 괴상한 소리가 나무로 만든 집을 파고들었다. 인기척이 느껴지지 않았다. 문고리가 힘없이 돌아갔다. 열린 문틈으로 들어온 바람에 천장에 매달린 전구가 흔들렸다.

그 불빛 아래, 한 남자가 누워 있었다. 다 꺼져가는 매트리스에 누운 남자는 눈에 띄게 야위었다. 존과 눈이 마주치자, 누렇게 말라붙은 손끝이 사력을 다해 이불자락을 붙잡았다. 온몸이 움푹 꺼진 듯했다. 아버지였다. 옛 모습이 거의 남지 않은, 재선충에 갉아 먹힌 소나무 같은 꼴을 한 남자를 존은 멍청한 눈으로 바라볼 수밖에 없었다. 대체 무엇이 그를 갉아 먹은 것일까. 존이 기억하는 그는 어떠한 생채기도 낼 수 없을 만큼 단단한 나무였다. 그의 아버지가 인부들과 함께 한나절이 넘도록 용을 써서 배어내곤 하던, 억센 나무였다. 그래서 차오르는 속으로 분기를 속으로 삭힐 수밖에 없었는데.

존은 남자를 내려다보았다. 남자는 여전히 이불을 끌어올리려 노력했지만 오그라든 손에는 힘이 들어가지 않았다. 실소가 흘러나왔다. 오 년 만에 돌아온 저의 뺨부터 올려붙일 거라는 생각에, 아이를 위해서라면 이번만큼은 맞서 싸워야겠다고 생각하고 들어온 집이었다. 그러나 남자는 자리에서 일어날 수나 있을지 의심스러운 상태였다. 존은 안도하며 아기띠를 풀었다. 아이는 조금 걷다 말고 엎드려 새로운 공간을 탐색하기 시작했다. 존은 짐을 내리고 거실을 둘러보았다.

무슨 일이 있었던 걸까. 거동을 제대로 하지 못한 지는 꽤 된 것 같았다. 대부분의 살림살이가 거실에 있었고, 남자와 누나, 존이 쓰던 방으로 향하는 계단에는 먼지가 뽀얗게 앉았다. 냉장고는 거의 텅 비다시피 했고, 싱크대에는 언제 썼는지 모를 접시가 몇 개 놓인 채였다. 대부분의 음식을 전자레인지에 데워 먹었는지 쓰레기통만 넘치기 일보 직전이었다. 냄새도 심했다. 몸도 마음도 지쳐 있었지만, 조금이라도 치워야 아이를 재울 수 있을 것 같았다. 그래야 마음이 놓였다. 쓰레기봉투를 찾아 수납장을 뒤질 때였다.

쿵 소리와 함께 울음이 터져나왔다. 아이가 매트리스에서 떨어져 바닥을 굴렀다. 놀라 달려가니, 울음소리가 더욱 거세졌다. 아이를 안아들고 이리저리 살폈다. 아이는 존의 품으로 파고들었다. 눈물범벅이 된 얼굴을 존의 가슴에 비벼대었다. 아이가 떨어진 곳으로 시선을 돌렸다. 팔. 팔이 있었다. 이불을 덮으려 애쓰던 오그라든 손이 매달린 앙상한 팔. 안쪽으로 굽어서 바깥으로는 도저히 펴지지 않을 것 같던 팔이, 매트리스 바깥으로 비죽이 나와 있었다. 존은 다시 남자를 바라보았다. 눈을 부릅뜨고 그를 바라보는 남자가, 금방이라도 자리에서 일어날 것만 같았다. 남자의 입꼬리가 비틀렸다. 웃었다. 웃는 것 같았다. 아이를 바닥에 밀쳐놓고, 웃고 있었다. 그를 눈앞에서 없애버리지 않고서는 살 수 없을 것 같았다. 존과 아이가 잠자리에 들면, 그때를 틈타 자리에서 일어나 병자 같은 행색을 지우고 아이와 자신의 삶을 지옥으로 몰아넣으리라. 존의 눈동자에 남자가 비쳤다. 존은 화가 난 남자가 그랬듯 괴성을 지르지도 않았고 물건을 던지지도 않았다. 그저 조용히 남자를 노려보기만 했다.

언제고 이 순간만을 기다렸는지 몰랐다. 어떤 식으로든 돌아올 수밖에 없는 순간을. 그와 그를 낳아준 사람이 만들어낸 과거로 돌아올 순간을 말이다. 그는 그의 아이가 엄마를 닮아 어디에든 섞일 수 있는 사람일 거라 믿었고, 그래서 아이를 안아들었다. 만약 그 아이가 존의 친자라고 확신했다면, 그는 억지로라도 그녀의 곁을 떠났을 터였다. 이래서는 나무나 제대로 벨 수 있겠냐며 자신의 팔을 수번이고 비틀었던 남자의 팔은 마른 장작처럼 바싹 말랐고, 여러 차례 뒤틀렸던 존의 팔에는 단단한 근육이 자리 잡았다. 존은 남자에게 다가가 머리맡의 베개를 빼냈다. 자신을 바라보는 남자의 눈빛이 흔들렸다. 자신도 이런 눈으로 그를 바라보았을지 몰랐다. 일말의 동정심에, 가해질 폭행을 멈춰주지 않을까 하는 기대로. 남자의 눈에도 그런 기대가 엿보이는 듯 했다. 그러나 존에게 다음은 없었고, 지금 하고자 하는 일은 두 번 다시 반복하지 않을 생각이었다.

존은 남자의 얼굴에 베개를 올리고 있는 힘을 다해 눌렀다. 존의 팔에 핏발이 섰다. 아래가 요동치며 풀썩댔다. 매트리스 밖으로 빠져나온 팔이 위아래로 들썩거리다 이내 잠잠해졌다. 존은 그에게 단 번의 기회조차도 주고 싶지 않았다. 아이가 다시 울음을 터트릴 때까지 존은 베개에서 손을 떼지 못했다.

실종신고를 하고 돌아오던 길이었다. 남자는 숲이 시작되는 지점에 묻혔다. 뒷마당에서 얼마 떨어지지 않은 곳이었다. 숲에 들어갈 때면 항상 남자를 묻은 장소를 지나야 했다. 처음에는 지날 때마다 침을 뱉었고, 다시 땅을 파서 길목으로 옮겨 묻은 다음 숲에 들어갈 때마다 밟고 지날까 생각도 했었다. 그러나 결국은 어떤 일도 하지 않았고, 가끔 꽃을 꺾어 던져놓기도 했다. 직원은 아버지를 보지 못한 지 얼마나 되었냐고 물었다. 존은 지체 없이 오 년이라고 대답했다. 멀리 떠나 살다가 돌아왔더니 아버지가 사라지고 없었다는 간략한 진술에 존은 별다른 의심 없이 밖으로 나올 수 있었다.

차고에 아버지의 낡은 차를 세웠다. 오랜만에 도시를 구경해서 신이 났던지, 아이는 차에서 내린 후에도 방글방글 웃었다. 이유식에 넣을 브로콜리를 샀다. 얼마나 작게 잘라야 먹어줄까. 오두막 앞에 누군가 서 있었다. 그는 집으로 다가오는 존을 보고 반갑게 다가왔다. 흰 점퍼와 바지를 입은 남자의 가슴팍에는 배지가 붙어 있었다. 가슴에 붙은 회색의 돔이 번들거렸다. 존은 갑자기 날이 흐려지는 것 같다고 생각했다. 비가 추적추적 내리던 날, 흰옷을 입은 남자가 그의 앞을 가로막았다. 그리고…….

"무슨 일이시죠?"

"수고가 많으십니다. 발전소 재가동과 관련해서 집집마다 직접 방문해서 홍보 유인물을 나눠드리고 있는데요……"

침을 삼켰다. 침 넘어가는 소리가 온몸을 타고 돌아다녔다.

"어떤 발전소 말씀하시는 거죠?"

"아, 뉴스 못 보셨어요? 몇 달 전에 큰 사고 났던 거, 기억하시죠? 그때 대피 구역이었던 곳 안에 붕괴 위험 없는 발전소 두 기가 같이 있는데, 지금은 가동 중단 상태예요. 근데 이게 겨울이 오고 그러면 전력 공급이 제대로 안 될 수 있어서 국민 과반수 동의를 얻으면 발전소를 재가동하려고 하거든요?"

"그건 누가 돌리는 거죠?"

"거야 뭐 직원들이⋯⋯."

"격리 구역 안인데, 위험하지 않나요?"

"적절한 조치를 취한 상태에서 작업하니 그런 건 걱정하지 마시고⋯⋯. 아, 그리고 대피 지시 구역도 일부는 곧 정상 거주 지역이 되어서 주민들 복귀 지원도 하니까⋯⋯ 저기요?"

존은 남자를 뚫어져라 쳐다보았다. 정상 거주 지역, 발전소, 재가동 따위의 말들이 머릿속을 휘저었다. 일 년도 채 지나지 않았건만, 남자는 모든 것이 정상으로 돌아온 것처럼 이야기했다. 존을 따라 아장아장 걸어오느라 바지에 풀물이 든 아이를 안아들었다. 힘들었는지 거의 주저앉아 있었다. 이야기가 이어졌으나 존의 귀에는 들리지 않았다. 남자는 머리에 아무것도 쓰고 있지 않았지만, 흰 무언가를 쓴 채로 눈만 내놓고 있는 것처럼 느껴졌다. 그마저도 잠수부들이 쓰는 수경 비슷한 것에 가려진. 그들이 내뱉었던 공허한 거짓말과 단호한 명령이 들려왔다. 내일이면 돌아오실 수 있을 겁니다. 지금은 모두 여기서 나가셔야……. 존에게서 어떤 반응도 나오지 않자, 남자는 한숨을 푹 내쉬며 아이를 끌어안은 손에 종이를 끼우고 돌아섰다.

문을 닫았다. 사고는 이미 지나간 일이고, 방사능도 무섭지만 전기 없는 삶은 더욱 무서운 일이라고, 유인물에는 적혀 있었다. 누구도 돌아가지 않으려는 자리로 돌아가는 것이 떠돌며 살아가는 것보다는 낫다고도 쓰여 있었다. 존은 아이를 더 꽉 끌어안았다. 같이 왔더라면, 국경에서 나고 자란 사람인 듯 살았을 여자가 떠올랐다. 존은 자신도 그녀처럼 되게 해달라고 빌었다. 돌아갈 수 없는 바다의 흔적이 언제쯤에야 모두 사라질까, 생각하면서. 밀밭 너머 파도가 일렁였다.

죄책감. 살아 있는, 혹은 살아 있었던 것에 대해 느끼는 감정과 그러한 감정을 불러일으키는 대상과의 거리는 매우 가깝다. 쌓일 일이 있어야 생긴다. 내가 그렸던 인물들은 주로 자신이 저지른 일이나 자신과 관련된 어떤 사건이 불러일으킨 감정의 무게에서 도망치려는 이들이었다. 소설에서 나는 그런 인물의 이야기를 하고 싶었던 걸까? 어쩌면 이건 내 소설이 아닌 나의 특성일지도 모르겠다. 어느 쪽이든 괴롭다.

속으로만 미안해하던 일들이 있다. 친한 친구와 그 친구의 집을 생각하면서 소설 속 인물과 공간을 만들어놓고 결국 그 인물을 죽여버린다든가, 소설 속에서 나쁜 일을 벌이는 인물에게 사이가 좋지 않은 룸메이트의 이름을 붙인다든가 하는. 그들은 평생 가도 모를 일들이 시답잖은 제목을 단 이야기 속에서 벌어지고 나 혼자 미안해한다. 다행인 것은 소설 속에 던져진 인물들이 내가 아는 누군가와는 다르게 행동하고, 행동들이 더해지면서 변한다는 거다. 현실의 인간과 소설 속 인간 사이에 아무런 관련이 없어지고 나서야 나는 안심이 된다. 이번 소설에도 내가 아는 누군가의 모습이 조금은 들어 있다. 처음에는 온통 그런 인물들로 뒤범벅이 되어 엉망진창이었지만 떼어내고 또 떼어냈다. 만족스럽지는 않지만, 처음보다는 낫다. 사실, 아직은 안심할 수 없다. 미안한 마음도 사라지지 않는다. 나는 아주 작은 것에도 쉽게 미안해하지만 정작 미안하다는 말은 쉽게 하지 못한다. 참 답답하다.

　이야기와 나는 아직도 조금은 데면데면하다. 언제쯤 속속들이 가까워질 수 있을까. 그날을 기다리며.

2015년 겨울
박미소

미래의 작가들 02

손님

2015년 11월 25일 제1판 제1쇄 펴냄

지은이 박미소
기획   크리에이티브 라이팅 그룹(Creative Writing Group)
편집   모영철
펴낸이 박문수
펴낸곳 도서출판 박문수책
등록   2009년 2월 6일 제13-2009-24호
주소   03964 서울특별시 마포구 망원로7길 3-6(망원동)
전화   02-322-5675
전자우편 mspark60@dreamwiz.com

ⓒ 박미소, 2015
ISBN 978-89-969754-2-7 03810